René DASSONVILLE

Rêveries...

Nouvelles et récits

Dessin couverture de Xavier Camus
xavier.camus@live.fr

© 2024, René Dassonville,
Édition : BoD – Books on Demand, info@bod.fr

Impression : BoD – Books on Demand, In de Tarpen 42,
Norderstedt (Allemagne)

Impression à la demande
ISBN : 978-2-3225-1951-4
Dépôt légal : Juillet 2024

OUVRAGES DU MÊME AUTEUR

Autrefois… j'étais enfant
Éditions BoD (2019)

Calembours… Proverbes… Et autres divertissements
Éditions Saint-Honoré (2021)

L'affaire est dans le lac (Comédie policière)
Éditions du Panthéon (2021)

Braquage à La Baule (Comédie policière)
Éditions du Traict (2023)

Rire et Sourire
Éditions Amazon (2023)

Poèmes des quatre saisons
Éditions BoD (2023)

Merci à Maïthé et à Marie-Noëlle Rotat*
pour leur aide précieuse.

Marie-Noëlle Rotat
Correction et mise en page de manuscrits
marie.rotat@gmail.com

SOMMAIRE

* Les faits et situations correspondent, pour l'essentiel, à la réalité.

LA MARCHANDE DE SILENCE

La nature, c'est du moins ce que l'on entend dire, a horreur du vide. Et l'humanité, n'aurait-elle pas, elle, horreur du silence ? Vu ce bruit qui nous agresse trop souvent, c'est la question que se posait Sylvie B., une femme dans la quarantaine, qui habitait, il y a déjà longtemps dans la presqu'île de Guérande. La vie lui semblait trop bruyante et le silence menacé de disparition. Pourquoi, se disait-elle, nous mettre de la musique dans les stations-service, dans les supermarchés et même dans les ascenseurs ? C'est alors que pour sensibiliser les gens à ce problème, il lui vint à l'esprit une idée quelque peu originale et dont la mise en œuvre pouvait s'avérer délicate. D'une façon paradoxale, cette histoire liée au silence, que nous allons vous raconter, fit grand bruit et certains s'en souviennent encore.

Sylvie B. voulait donc donner ou redonner aux gens le goût du silence. Et quelle meilleure façon pour cela que de leur en procurer ? Elle acheta donc un grand nombre de CD vierges et fit réaliser des pochettes distinctives pour les différents silences qu'elle voulait proposer. Puis, à la façon des marchands ambulants d'autrefois, elle arpenta les rues et les marchés en criant : « Du silence, messieurs, mesdames, achetez du silence, toutes les formes de silence. »

Quels silences proposait-elle à ses acheteurs ?

Les silences dans les œuvres de Mozart, dont Sacha Guitry a dit que c'était encore du Mozart.

Le silence d'un paysage enneigé qui nous accueille après les rumeurs de la vie tourbillonnante. C'est un paradis qui nous offre une renaissance dans l'harmonie céleste de la nature, dans la quiétude de nos âmes apaisées et confiantes.

Le silence d'un chat, qui nous contemple avec ses grands yeux, contre lesquels notre regard se brise, faute de pouvoir percer le mystère qui se cache derrière ses pupilles.

Le silence qui est respect et hommage dans la minute de silence.

Le silence qui est lâcheté, quand on ne dit rien contre l'injustice.

Le silence de ceux qui, sans l'avoir choisi, se retrouvent aussi seuls qu'un ermite.

Le silence que le musicien transforme en soupir.

Le silence réclamé par le juge : « Silence ! Ou je fais évacuer la salle. » À cette injonction, Landru eut un des succès que lui valurent ses bons mots : « Je ne demande pas mieux, Monsieur le Président ! »

Le silence de l'enfant qui n'ose pas avouer qu'il a fait une bêtise.

Le silence qui permet à un ange de passer.

Le silence des amoureux qui se regardent dans les yeux jusqu'à l'âme.

Et encore tellement d'autres silences…

Notons que quelques esprits malicieux lui dirent : « Vous voulez nous vendre du silence, mais vous en faites un de ces bruits, vous, en parcourant les rues tout en criant votre boniment ! » Sylvie B., ne sachant pas quoi répondre, s'enferma dans un silence embarrassé. Mais elle ne se faisait pas de soucis, car ses affaires marchaient bien.

On peut s'étonner que personne ne se soit aperçu de la supercherie. Mais cela peut se comprendre : quand les acheteurs écoutaient le CD, évidemment, ils n'entendaient rien, mais, oubliant l'agitation quotidienne, ils plongeaient au plus profond d'eux-mêmes et s'imaginaient « entendre le silence » qu'on leur avait vendu. Ils songeaient, ils étaient transportés dans un autre univers. Ils n'étaient plus tout à fait les mêmes.

Vous vous demandez combien de temps cela dura, comment cette histoire se termina. Eh bien, un jour, un fonctionnaire bien zélé (nous passerons son nom sous silence) compara les silences de tous les CD et, pour lui, tous ces silences étaient identiques. Il y avait donc tromperie sur l'étiquette et Sylvie B. dut renoncer à vendre ses CD.

Elle se consola pourtant en sachant qu'elle avait réussi à faire découvrir à un grand nombre la valeur du silence.

LE VENT SUR LA GRANDE CÔTE DU POULIGUEN

Un matin, j'étais parti pour une promenade sur la Grande côte, ayant laissé mon scooter tout près de la villa qu'avait achetée, il y a déjà longtemps, Uderzo, l'auteur de célèbres BD. C'est une maison qu'on ne remarque pas spécialement, si ce n'est qu'elle est la dernière de la pointe de Penchâteau. Elle est d'ailleurs bien défendue des regards grâce, notamment, à un haut mur de pierre. Ce n'est certes pas une défense à la Romaine, mais aucun Astérix ne s'est enhardi à la franchir. L'hydromel ne donne pas autant de force que la potion magique !

Il était donc très tôt et le soleil levant n'illuminait pas encore de ses rayons d'un éclat féérique les maisons de la pointe de Pierre plate. À ce moment de la journée, on rencontre parfois un sportif aux foulées hésitantes ou harmonieuses. Des piétons, rarement. J'étais heureux d'être ainsi seul avec la nature, de me sentir moi-même une partie de la nature.

C'est alors que j'aperçus, venant à ma rencontre, un personnage qui me parut quelque peu étrange, sans que je puisse vraiment dire pourquoi. Il était vêtu d'une façon soigneuse et élégante et, pourtant, il avait en lui un je ne sais quoi d'un peu désordonné.

Je compris qu'il hésitait, moi aussi. Puis, d'un commun accord muet, nous nous arrêtâmes tous les deux. Chacun fit alors part de son émerveillement devant ces adieux de la nuit et cet éveil d'un nouveau jour débordant d'espoirs.

Soudain, cet inconnu me demanda :

— Savez-vous qui je suis ?

Que répondre ? Certes, la question était moins embarrassante que celle d'une personne qui vous dit : « Savez-vous quel âge j'ai ? »

En fait, une réponse me vint presque instantanément à l'esprit :

— Un amoureux de la nature.

— Vous avez un peu raison, me dit-il, mais je vais vous étonner. Je crains qu'à l'instar de quelques autres personnes auprès desquelles j'ai révélé mon identité, vous ne me croyiez pas, mais ce que je vais vous dire est vrai. Je vous le jure par Zeus : je suis le dieu Éole. Malheureusement, tous les dieux de vos religions impies ont pris nos places, nous ont chassés, et plus personne ne croit en nous. Nous devons nous contenter de survivre un peu dans des expressions ou dans des questions de jeux télévisés. Cela nous a découragés d'apparaître aux humains. Vous voyez, aujourd'hui, j'ai quand même voulu tenter l'aventure.

— Vous me faites un bien grand honneur, de discuter avec moi. Mais quelle coïncidence ! j'ai commencé ma promenade devant une villa qui s'appelle Éole, c'était peut-être un signe.

— Peut-être. Je connais cette villa et je suis évidemment bien content que l'on pense parfois à moi. Mais, il y a un petit mais, j'aurais aimé qu'on y ait installé une girouette. J'adore les girouettes.

— Alors, me permettez-vous de vous dire un poème à ce sujet ?

— Bien sûr, cher monsieur.

— Merci. Alors voici :

Aux hurlements du vent, ma voix se fait plaintive,
Je tremble et je gémis comme d'un mal ardent,
J'implore l'adoucie, petite voix naïve,
Rien n'y fait, voici la tempête maintenant.

Aux rudesses du vent, mon âme s'écartèle,
La débâcle effrénée des nuages perdus,
Troupeau désemparé qu'un mauvais sort harcèle,
M'étourdit, me frappe d'un mal inattendu.

Je n'ai plus de pays, je n'ai plus de repères,
Où sont le nord et l'ouest ? D'où viendra le printemps ?
Toi qui viens ici-bas, est-ce aussi ta misère
Ou bien apportes-tu le renouveau chantant ?

— Écoutez, c'est bien, mais je n'ai pas le beau rôle.

— Oh, ne vous fâchez pas, je ne pensais pas du tout à vous être désagréable. D'ailleurs, j'aime beaucoup le vent et je vous promets d'écrire un poème qui vous fera chaud au cœur. Mais, au fait, quel bon vent vous amène ?

— Je vais vous le dire : si j'ai pris cette forme humaine, c'est pour voir dans les mêmes conditions que vous ce parc maritime qui s'orne de mon nom.

— Eh bien, vous avez de la chance : aujourd'hui, on distingue toutes les éoliennes, aussi nettement que sur un dessin d'architecte.

— Alors, elles vous plaisent ?

— Heu…, excusez-moi, mais pas vraiment.

— À moi non plus, vous savez. Je n'éprouve pas un grand plaisir à faire tourner ces pales de résine. Pendant des millénaires, j'ai caressé les feuillages des arbres, je suis passé comme un amant sur les cheveux de tant de belles femmes, j'ai fait bondir les vagues, j'ai transporté les oiseaux d'allégresse et, comme j'aime bien rire, j'ai fait s'envoler moult chapeaux et casquettes.

— Ô cher Dieu, je vais peut-être vous fâcher à nouveau. Vous semblez oublier les tempêtes et les ouragans que vous déclenchez parfois, les bateaux dont vous précipitez le naufrage, les maisons que vous décapitez, les arbres que vous arrachez.

— Non, non, vous ne me fâchez pas. On croit les dieux tout puissants, hélas non ! Les mauvaises langues diront que nous sommes des apprentis sorciers. En ce qui me concerne, sachez que je dois parfois faire face aux révoltes du vent. Le vent, lassé que je ne lui laisse pas la bride sur le cou, s'énerve et n'en fait qu'à sa guise. Regardez les chevaux : il leur arrive de ne plus obéir aux ordres et de partir au grand galop, sans que rien ne les arrête. Le vent, c'est pareil, parfois il m'échappe et, croyez-moi, j'en suis bien malheureux.

— Oui, je vous comprends parfaitement, je me fais parfois ces mêmes types de réflexion. Mais j'ai une question qui me vient à l'esprit : ne doit-on pas craindre qu'un jour vous vous lassiez et qu'il n'y ait plus un souffle de vent sur terre ?

— Non, soyez rassuré : Zeus m'a affirmé que le vent devrait souffler toujours, c'est prévu dans sa grande organisation...

J'entendis alors un grand bruit qui me sortit de mon rêve. J'allai à la fenêtre et je pus voir qu'un coup de vent avait fait tomber, sur le toit de notre véranda, la girouette des voisins. Éole avait pris congé de moi d'une façon un peu brutale.

LE FUGUEUR

Un petit seau de graines de tournesol à la main, Fernand venait de sortir dans le jardin pour s'occuper du « restaurant des oiseaux », *Au bon Bec*, c'est le nom qu'il avait inscrit sur une mangeoire plutôt imposante qu'avait confectionnée un des ses petits-fils. On l'apercevait parfaitement de la salle à manger et c'était un magnifique spectacle que d'observer les différents « clients » qui s'y succédaient : des mésanges, des rouges-gorges, des verdiers et puis quelques « gros » : pigeons, pies et, parfois, un geai. Un festival de couleurs et de grâce. De temps en temps, des visiteurs auxquels Fernand n'avait pas pensé venaient profiter de l'aubaine : des écureuils dont on pouvait admirer l'étonnante agilité quand ils couraient sur les branches, sautant de l'une à l'autre, comme de vrais petits singes.

Fernand avait sifflé ses quelques notes habituelles, car il avait remarqué que certains oiseaux comprenaient cet appel, notamment un rouge-gorge qui venait souvent se poster à moins d'un mètre du « restaurant », alors même que Fernand n'avait pas fini d'y déposer toutes les poignées de graines.

« Miaou ! Miaou ! »

« Tiens, se demanda Fernand, était-ce un miaulement de détresse, s'agissait-il de Méphisto, son chat, gentil petit diable ? »

« Miaou », répondit Fernand et déjà le chat se frottait contre les jambes de son maître, avide de caresses. De son maître ? Pas très sûr : pour faire honneur à sa nature et à son nom, Méphisto n'avait fort probablement ni dieu ni maître.

« Miaou ! Miaou ! » Le miaulement reprit de plus belle : il s'agissait donc d'un autre chat. Cela semblait être un appel de détresse : il venait d'un grand massif de fusains qui entourait le tronc d'un vieux cupressus. Tout en essayant d'apercevoir l'inconnu, Fernand émit différents sons qui étaient supposés l'attirer, mais il ne découvrit rien. Il avait l'impression que le chat se déplaçait. Par moments, le miaulement semblait tout proche, puis paraissait s'éloigner. Méphisto assistait impassible à la scène.

Quelques minutes s'écoulèrent, puis Fernand termina ce qui avait été comme une partie de cache-cache. Il rentra dans la maison et oublia ce visiteur.

Mais, vers 17 heures, les « miaou ! miaou ! » retentirent à nouveau et, alors, surprise : cette fois-ci, Fernand localisa mieux ces appels et aperçut un chat perché dans le cupressus, à une hauteur d'environ huit à dix mètres. Que faire ? Il y a bien longtemps que les pompiers ont d'autres chats à fouetter et n'effectuent en général plus ce genre de sauvetage. À tout hasard, Fernand téléphona à un ami, ancien commandant de la caserne des pompiers. « Mets-lui une gamelle au bas de l'arbre, il finira par descendre, poussé par la faim. » Admettons. Cependant, Fernand, qui possédait une échelle triple, pensa à un autre ami, plus habile que lui, se disant qu'il accepterait peut-être de tenter de tirer le chat de cette fâcheuse situation. Et, de fait, cet ami des bêtes se déplaça volontiers, monta à l'échelle. Malheureusement, c'était un peu juste, il aurait fallu grimper sur les branches de l'arbre et cela pouvait devenir trop dangereux, d'autant plus qu'il faisait déjà presque nuit. De son côté, le chat n'avait pas facilité la tâche de celui qui voulait le sortir de cette fâcheuse situation : il n'osait pas s'approcher. Il s'agissait d'un jeune petit rouquin tigré.

Fernand décida alors d'appeler les deux vétérinaires les plus proches de son domicile, dans l'espoir que quelqu'un ait signalé la perte de son animal. Cette démarche avait déjà abouti dans le passé et permis à deux chats de retrouver leur foyer. Malheureusement, cette fois-ci, aucune disparition n'avait été signalée.

Après quelques tentatives à nouveau infructueuses pour faire descendre le chat, Fernand plaça de la nourriture au pied de l'arbre, puis il abandonna la partie (de chat perché). Cependant, quelques heures plus tard, avant de monter dans sa chambre, il sortit à nouveau, muni d'une lampe assez puissante. Le chat était toujours là, et ses yeux brillaient d'un éclat magnifique, rehaussé par le noir de la nuit. Pour la première fois, il essaya de s'engager sur le tronc, seule issue possible, mais, après quelques pas hésitants, la peur fut plus forte et l'empêcha d'avancer davantage.

Le lendemain matin, Fernand était bien perplexe : «Voilà au moins trente-six heures que ce jeune chat est exposé au vent froid et à la pluie du mois de janvier. Que faire ? » Une chance inattendue permit le sauvetage de l'imprudent. En effet, mis au courant du problème, un des ouvriers venus travailler chez Fernand se proposa pour effectuer le sauvetage. « J'ai l'habitude de grimper dans les arbres : jeune, j'ai habité près d'une forêt et monter dans les arbres était une de mes distractions favorites. » Et, effectivement, il réussit à aller chercher ce chat qui devait être perdu depuis un certain temps, car il était bien maigre. Quand on lui présenta de la nourriture, il abandonna l'attitude souvent un peu hésitante qu'ont souvent les chats devant une gamelle et il engloutit en un rien de temps une grande quantité de croquettes.

Le collier, qu'il portait, heureusement extensible, ne portait aucune inscription. Fernand alla donc chez le vétérinaire de sa ville pour voir si ce chat n'avait pas une puce. Hélas, non ! Il restait une dernière chance : la fourrière de Guérande. Et de fait, la disparition d'un jeune chat rouquin tigré avait été signalée environ trois semaines auparavant : trois semaines, cela expliquait l'aspect famélique du fugitif. Il répondait (enfin, quand il en avait envie) au doux nom de Félix. Cela lui avait peut-être porté chance, finalement.

On put donc joindre la propriétaire de ce jeune chat. Étonnant : Fernand n'était pas père Lustucru, mais la dame s'appelait bien Michel. Vu son âge, elle ne conduisait plus, donc Fernand fit le petit déplacement pour lui ramener le jeune fugueur. C'est avec une grande émotion que la grand-mère Michel retrouva Félix, le bienheureux : il se mit à gambader dans l'appartement, reniflant presque tous les meubles. Voulait-il s'assurer qu'aucun intrus n'avait pénétré dans son royaume retrouvé ? Mais il était temps de se quitter et, soudain, la vieille dame demanda : « Combien vous dois-je ? » « Rien du tout ! J'ai fait cela pour vous, qui aimez les animaux, et pour Félix. » Et, à la grande surprise de Fernand, elle lui dit « Alors, laissez-moi vous embrasser ! » Était-ce le même baiser que celui espéré par le père Lustucru ?

CONNAISSEZ-VOUS OBERKOTZAU ?

« Connaissez-vous Oberkotzau ? »

Non, cela ne m'étonne pas, et je me suis fait une raison.

D'ailleurs, à chaque fois que je prononce ce mot devant des Français, je crois percevoir dans leur regard un étonnement, si ce n'est même une sorte de réprobation. Seules leur bonne éducation ou leur amitié les retiennent de me faire quelque remarque désobligeante, ou pour le moins moqueuse, du genre « c'est un nom à coucher dehors ».

C'est vrai, si l'on parle des villes allemandes que l'on connaît, autant choisir celles qui sonnent bien aux oreilles des francophones : Cologne, Aix-la-Chapelle ou, pourquoi pas, Berlin, ou même Baden-Baden. Avec cette dernière, on double les chances d'être bien compris.

Évidemment, je me garde bien de dire qu'Oberkotzau est située sur la Saale. Vous pourriez certes m'objecter que ma ville natale est traversée par la Vilaine.

J'évoque les Français, mais quant aux Allemands, n'en parlons pas, ou bien si : en entendant le nom de cette petite ville qu'ils ne connaissent pas, et qui ne sonne pas très bien à leurs oreilles, combien de nos voisins n'ont-ils pas hoché la tête quand je leur en vantais les charmes. Peut-être ont-ils même pensé que j'étais un peu bizarre : « Die spinnen, die Franzosen ! » (« *Ils sont fous ces Français* !»)

Je me souviens encore très bien de ma première rencontre : je découvrais une petite ville, un gros village plutôt. Il me paraissait typiquement allemand et me rappelait les descriptions que j'avais lues dans des romans écrits par des auteurs du passé. Un lieu paisible où l'on avait l'impression que le temps s'écoulait beaucoup moins vite qu'ailleurs, que les vieilles horloges avançaient sur la pointe des aiguilles. C'était l'Allemagne d'Eichendorff, de Jean Paul, l'Allemagne baroque, mystérieuse, romantique, une Allemagne qui n'existe plus vraiment.

La situation géographique d'Oberkotzau faisait que ce village était presque coupé du monde. En effet, il était situé dans une sorte d'impasse, à une dizaine de kilomètres de la « fin du monde » : à l'est, c'était la Tchécoslovaquie, et au nord, la RDA. Nous étions en pleine guerre froide, et à cette époque déjà lointaine, très peu de touristes s'aventuraient jusque-là : pendant de nombreuses années, je n'ai pas vu une seule voiture française dans cette région.

Quelle surprise de voir comme la nuit arrive vite en hiver, cette nuit qui vous dit : « Il n'est plus temps de parcourir les rues et les places éclairées de lampadaires hésitants, il est temps de rentrer chez soi, de se replier sur soi-même, de s'entourer de son âme comme d'un grand manteau, d'abolir le temps, de trouver la quiétude. »

Et malgré cette atmosphère que j'aurais voulu faire connaître et partager, j'avais renoncé à parler d'Oberkotzau.

Je disais que j'étais allé dans une région magnifique, encore préservée et située au nord de la Bavière... La Bavière, oui et non, car en fait il s'agit de la Franconie, région qui a été arbitrairement rattachée à ce royaume par Napoléon ; et les Franconiens ne sont pas sans rappeler par certains aspects les Bretons, fiers de leur identité.

Parler de Hof, une ville assez proche, d'environ cinquante mille habitants, n'aurait pas été d'un grand secours, sauf pour les Allemands, après la chute du Mur de Berlin. En effet, Hof était idéalement placée pour accueillir les dizaines de milliers d'Allemands de l'Est qui voulaient retrouver, ou connaître l'Ouest. Pendant un certain temps, la gare de Hof n'a pas désempli.

Mais j'avais compris qu'il était vain d'évoquer ces souvenirs, c'est pourquoi, désormais, quand on me demandait ce que je connaissais, ce que j'aimais en Allemagne, je parlais de Munich, d'Hambourg, de la vallée du Rhin et de bien d'autres régions et villes et villages magnifiques.

De plus, malgré tous ses charmes, il n'y a pas qu'Oberkotzau dans la vie, et la rose des vents me servant de panneau indicateur, je me retrouvais à chaque fois dans des lieux bien éloignés de ce lieu de Franconie, que je gardais cependant précieusement dans un coin de mon cœur.

L'Italie était devenue pour moi une autre destination de prédilection.

Un jour, allongé sur une plage du sud, je rêvais, regardant ce soleil, qui réchauffait peut-être au même moment les forêts franconiennes, quand un marchand ambulant m'interpella :

— Gelato, signore ?

— Grazie no, vorrei una birra

En entendant cela, ce vendeur italien me demanda :

— Lei è tedesco ?

Pour plaisanter, je lui répondis que oui. Que n'avais-je pas dit là ! Ce marchand commença à me questionner, l'Allemagne ayant ravivé chez lui beaucoup de souvenirs. Il se rappelait l'époque où il avait travaillé de l'autre côté des Alpes.

Il me parla avec une certaine émotion d'Elke, qui n'avait pas voulu le suivre en Italie.

— Ma, lui demandai-je, cosa faceva in Germania ?

— Facevo il pizzaiolio in una famosa pizzeria.

— Ma dove ? lui demandai-je.

— Signore, di sicuro Lei non può connoscere : si tratta di Oberkotzau.

LE CLEPTOMANE

Valentin était cleptomane. Il en souffrait quelque peu, mais n'avait jamais osé en parler à quiconque, si ce n'est, une fois, à son médecin. Tout en lui expliquant son malaise, il ne put s'empêcher de faire une plaisanterie : « Vous savez, docteur, c'est plus fort que moi : quand je vois quelqu'un en détresse, je vole à son secours. » Le médecin, qui était déjà plongé dans sa réflexion, ne fit pas grand cas de cette remarque et, après avoir écouté attentivement Valentin, il lui conseilla de consulter un psychiatre. Malheureusement, le cleptomane ne donna pas suite.

Notre Valentin était fort habile et ne s'était jamais fait prendre. Il exerçait ses talents dans des magasins, lors de réunions amicales et festives, ou de repas d'anniversaire et autres réjouissances. Le plus facile pour lui était de dérober un couvert : entre deux plats, il aidait spontanément à débarrasser la table de ce qui était devenu superflu. Arrivé dans la cuisine, il avait souvent tout loisir de s'emparer du précieux butin. « Zut, ça sera parti dans la poubelle ! » disait la maîtresse de maison, ou son mari, en découvrant le lendemain que les couverts n'étaient pas au complet. Personne n'aurait soupçonné Valentin, tant sa gentillesse était appréciée.

Pourtant, un jour, un convive, Thomas, qui le connaissait depuis longtemps, le vit s'emparer discrètement d'une petite boîte d'allumettes. « Pas de fumée sans feu » se dit-il et, quand ils se retrouvaient ensemble chez des amis, il eut l'occasion d'observer à nouveau Valentin en train de commettre à chaque fois quelque menu larcin. « Que faire ? » Lui en parler aurait été délicat, déplacé même. Dire à un ami qu'on l'a vu dérober un objet aurait pu mettre fin brutalement à une sincère amitié. Donc, Thomas se mit à réfléchir. Quelle était la bonne méthode pour faire comprendre à Valentin qu'il ne devait plus se livrer à ces petits méfaits, sans le vexer, sans le blesser ? Comment faire pour lui montrer avec la plus grande délicatesse, la plus grande discrétion, qu'on n'était pas dupe, tout en espérant que cela créerait une impulsion salutaire ? Sans doute Valentin éprouvait-il quelques remords, mais sa cleptomanie était une affaire, un conflit entre lui et une voix intérieure dont il n'arrivait pas à suivre les conseils.

Alors, différentes idées vinrent à l'esprit de Thomas : « Pourquoi, se dit-il, ne jouerais-je pas les cleptomanes ? Lors de la prochaine invitation chez lui, je lui dérobe un quelconque objet et, le lendemain, tout penaud, je le lui rapporte, feignant d'être, moi aussi, un cleptomane. Je lui tiens un discours pour lui expliquer combien je souffre de cet état et ce que je compte faire pour m'en sortir. Oui, mais l'impulsion que je lui transmettrais ainsi sera-t-elle assez forte pour qu'il change d'attitude ? »

Autant d'idées de stratagèmes, autant de doutes quant à leur efficacité.

Un jour, cependant, Thomas se décida à appliquer une idée qu'il pensa être la bonne.

À la fin d'un dîner, il remarqua que Valentin avait mis dans sa poche une petite cuillère et il se dit : « C'est le moment, tentons notre chance ! » Comme Thomas avait l'habitude de toujours raconter deux ou trois histoires drôles, il choisit de parler d'un cleptomane qui n'avait jamais pu pratiquer l'athlétisme ; en effet, il volait toujours le départ.

Ensuite, il proposa donc aux amis de faire un petit tour de prestidigitation. « J'ai commencé, dit-il, à m'entraîner à faire des tours de magie : je vous en propose un, mais un seul. Soyez indulgents. » Tous se montrèrent ravis et impatients d'assister à cette première. Thomas prit alors sa petite cuillère et déclara : « Vous voyez cette petite cuillère, vous la voyez bien ? Je la mets dans ma serviette et je vais la faire disparaître, ensuite, nous la retrouverons dans un autre endroit, inattendu. » Une femme, ou peut-être un homme, tenta une plaisanterie facile, qui provoqua quand même beaucoup de rires : « Pourrais-tu faire disparaître mes rides ? » Thomas profita de ce moment pour faire le plus difficile : placer la cuillère dans une de ses poches. Grâce aux gestes qu'il effectua et grâce aussi à la diversion qu'avait suscitée la plaisanterie, personne ne s'aperçut de quoi que ce soit. Il secoua alors sa serviette : plus de petite cuillère ! Il se rapprocha de Valentin et lui demanda de se lever et de s'éloigner de la table afin que tous les convives puissent le voir. Pendant ces quelques instants, il réussit à placer sa propre cuillère près de l'assiette de Valentin, ce qui était évidemment indispensable pour le bon déroulement du tour.

« Et maintenant, dit-il, je vais demander à notre ami Valentin de nous montrer la petite cuillère qui se trouve à présent dans la poche droite de sa veste. Et vous voyez bien que ce n'est pas truqué, Valentin n'est pas complice puisque sa petite cuillère est bien là, près de son assiette, et celle qui est dans sa poche, c'est celle que j'avais mise dans la serviette. »

Valentin eut un moment de stupeur, d'hésitation et de crainte. Il est probable que personne ne put imaginer toutes les idées qui passèrent dans son esprit en quelques secondes. Lentement, il mit une main dans la poche gauche de sa veste et en sortit, tout en souriant d'une façon un peu gênée, la fameuse petite cuillère. L'assemblée, qui était dans l'état d'euphorie que provoque une consommation de vin exceptionnelle, ne ménagea pas son enthousiasme.

« Bravo ! » « Quel talent, Thomas !» « Il faudra que tu nous expliques comment tu as fait. » Etc. L'apprenti prestidigitateur se réjouit évidemment de tous ces compliments, mais ce n'était pas pour lui l'essentiel.

L'essentiel fut que Valentin comprit parfaitement le message qu'avait voulu lui transmettre son ami et, par bonheur, cela l'aida à « guérir » de sa cleptomanie. Ce fut une bonne leçon, que, pour une fois, il n'avait pas volée.

La science ne put profiter de cette expérience, car Thomas renonça à faire toute communication à quelque académie que ce soit.

L'INCROYABLE AVENTURE
D'UN CHEVAL

J'étais un cheval de bois, tout blanc, et j'avais fière allure quand je tournais avec ce magnifique manège. Je montais, je descendais, je montais à nouveau et ainsi de suite, pour le plus grand plaisir des enfants et, parfois, pour celui de quelques adultes.

J'étais dans un monde hétéroclite et riche en couleurs : un avion, un carrosse, deux cochons qui devaient sûrement envier mon élégance, les pauvres ! Et, juste devant moi, se trouvait aussi une grosse toupie. Ah, celle-là, elle ne me plaisait pas trop : elle me donnait le tournis. Le manège tournait pourtant : est-ce que cela ne lui suffisait pas, avait-elle besoin, elle aussi, de tourner ?

Au début, j'étais très heureux : la joie des enfants était contagieuse et me faisait le plus grand bien. Il m'arrivait parfois d'être un peu triste quand un gamin pleurait après que la sonnerie avait retenti, alors qu'il aurait bien voulu continuer. Quelle joie quand l'enfant qui chevauchait sur moi réussissait à attraper la peluche qui donnait droit à un tour gratuit ! Si cela n'avait tenu qu'à moi, j'aurais souvent offert des tours supplémentaires. Mais quand vous êtes un cheval de bois, allez donc faire comprendre cela au propriétaire, même si ce n'est pas un mauvais cheval. Et si j'avais pu réussir à communiquer avec lui, ne m'aurait-il pas répondu en employant la langue de bois ?

Je me doutais qu'il existait un autre monde, un univers beaucoup plus grand que le petit périmètre où j'évoluais. J'apercevais des maisons, des arbres. Je commençais à ressentir qu'en fait j'étais prisonnier et je me mis à rêver d'une autre vie. D'autant plus qu'un jour, je vis passer deux chevaux qui tiraient une calèche. Je compris, évidemment, qu'ils étaient en chair et en os. Pourquoi pas moi ?

Les fées se préoccupent-elles des chevaux, et surtout des chevaux de bois ? Serait-il possible qu'une d'entre elles comprenne que j'aurais voulu être un vrai cheval ? Mon rêve pourrait-il s'envoler jusqu'à l'une d'entre elles ? Une seule fée, bien gentille, cela suffirait.

Eh bien, oui, un jour, mon rêve devint réalité ! J'avais passé une nuit un peu bizarre et, au petit matin, quand je me réveillai, je vis que j'étais devenu un vrai cheval. Incroyable ! Je bougeai la tête, les jambes et, tout à coup, je compris que je pouvais émettre des sons. Alors je poussai un gigantesque hennissement qui me fit presque peur. J'entendis que l'on me répondait : j'étais dans une grande écurie. Dans un seau, je vis de l'eau et je compris que je pouvais la boire. Ce fut une impression étrange, mais, finalement, je trouvai cela plutôt bon.

Mon rêve avait donc été exaucé : je sentais la chaleur de mon corps vivant. Mais allais-je devoir rester ainsi enfermé ? C'était une perspective pas réjouissante du tout. Quand je vis passer devant ma stalle un cheval guidé par un homme, je commençai à prendre espoir. Pourquoi ne viendrait-on pas me chercher, moi aussi ? D'autres chevaux passèrent, apparemment indifférents à mon sort. Comme le temps s'écoulait lentement ! Je n'en finissais pas de ronger mon frein.

Enfin, une jeune femme entra dans ma stalle : elle me parla d'une voix douce et chaleureuse, me caressant l'encolure. Je sentis monter en moi un bien-être immense. Mais, ensuite, elle me plaça autour de la tête tout un attirail et, surtout, un désagréable morceau de métal dans la bouche. Jour après jour, j'appris un grand nombre de mots et c'est ainsi que je sus bientôt qu'il s'agissait d'un mors. J'avais beau le mâchonner, bouger la tête dans tous les sens, pas moyen de s'en débarrasser. C'était bien désagréable, je ne m'y suis pas encore fait. J'avais bien envie de hennir « mort au mors ! » mais on n'attend pas des chevaux qu'ils fassent de l'humour. Il paraît que le rire est le propre de l'homme.

Heureusement, la suite fut plus agréable : la jeune femme m'installa quelque chose sur le dos : ça, je connaissais, c'était une selle et des étriers, comme j'en avais au manège, du moins une imitation.

C'est alors qu'elle me fit sortir de ma stalle et je la suivis dans un genre de couloir.

« Je vais au manège », déclara-t-elle à un homme qui passait là. Comment ça, au manège, mais j'en viens et, là-bas, il n'y a pas de vrais chevaux !

Ah, mais oui, ce qu'ils appellent ici le manège, c'est comme un grand hangar. J'avais à peine jeté un coup d'œil sur ce lieu que la jeune femme était montée en selle, et, hop ! nous voilà partis ! Sans me vanter, je crois que j'ai vite compris tout ce qu'elle voulait que je fasse. Maintenant, je connais la différence entre le pas et le trot. Je ressens la pression des talons de ma cavalière contre mes flancs : c'est comme cela qu'elle me communique certains ordres. Cela dit, je ne sais pas trop à quoi rime tout cela : tourner dans tous les sens, dans ce lieu un peu tristounet ; l'environnement de mon manège était plus coloré, plus joyeux. Ai-je bien fait d'implorer les fées ?

Un peu plus tard, deux autres chevaux sont arrivés : ils faisaient à peu près les mêmes choses que moi, mais ils étaient commandés par un homme à pied qui leur criait ce qu'ils avaient à faire. Bon, le temps passa et je commençais à me lasser, mais, finalement ouf ! je retournai dans ma stalle.

Les jours suivants, ce fut le même manège. Le plaisir de la découverte n'était plus là et je m'ennuyais. Ne devais-je pas à nouveau implorer une fée pour retourner d'où j'étais venu ?

C'est alors que se produisit un grand changement. Ma cavalière arriva, un matin joliment ensoleillé, et, au lieu de nous rendre au manège, nous voilà partis par les rues de la ville. Malgré leurs chevaux-vapeur, les automobiles ne m'en imposaient pas et je trouvais que j'avais plus fière allure qu'elles. Près des jardins, je perçus des odeurs inconnues et bien agréables. Je pense que ma cavalière devait être, elle aussi, heureuse de sentir les effluves du printemps en train de naître tout en douceur.

Après avoir parcouru quelques centaines de mètres, j'aperçus une immensité d'eau : c'était la mer. Arrivé sur la plage, je découvris ce qu'était le galop : un émerveillement ! Puis je fis quelques pas dans l'eau. À la première vague, je me cabrai un peu : celle-ci m'avait fait peur. Par la suite, ce fut un plaisir de sentir cette eau joyeuse qui venait s'éclater contre mes jambes.

À partir de ce jour-là, je suis souvent retourné à la plage, mais ce n'était que rarement avec ma cavalière : beaucoup de personnes différentes venaient me harnacher pour partir en promenade. La plupart étaient aimables et de bonne humeur, m'adressant de gentilles paroles.

Mais je détestais certains hommes, oui, moi qui suis un mâle, je dois dire que c'étaient surtout des hommes, heureusement pas trop nombreux : ils arrivaient fièrement, l'air sérieux et dominateur, alors que je suis si docile. Pendant les sorties, je sentais que je n'étais pour eux qu'une espèce de machine, qu'un prétexte, un faire-valoir.

Un jour, j'en eus assez et je me rebellai contre un de ces cavaliers désagréables : après lui avoir offert deux ou trois ruades, je partis au grand galop. Il eut beau tout faire, il n'arriva pas à me maîtriser et, quittant la plage pour le chemin du retour, je ne m'arrêtai qu'au dernier moment, juste avant la première rue.

Pendant le reste du parcours, je sentis que mon cavalier n'était pas à l'aise. Il craignait probablement que je recommence à galoper, mais je ne suis pas fou : je sais que cela aurait été trop dangereux de galoper en ville. Donc, je retournai bien sagement jusqu'au club hippique et j'entendis mon cavalier dire pis que pendre de moi.

Le lendemain, ce fut ma cavalière préférée qui me fit sortir.

— Alors, me dit-elle, en installant la selle et les rênes, on a fait des siennes !

J'aurais bien voulu pouvoir lui expliquer pourquoi je m'étais comporté ainsi. Hélas, à part quelques hennissements, le Créateur ne m'a pas donné la parole, ni à moi ni aux autres animaux. Quel dommage ! Cela dit, peut-être a-t-Il voulu éviter à sa créature préférée, l'Homme, bien sûr, d'entendre tous les reproches et même les injures que le monde animal pourrait adresser au petit maître de la Terre.

J'aurais bien voulu vous raconter mille choses encore, mais je dois m'arrêter : depuis hier, comme certains cavaliers, je ne suis pas bien dans mon assiette, je crains d'être atteint d'une fièvre de cheval.

RENCONTRE DE NOS HÉROS

Maître des débats :

Vous ne pouvez savoir, qui je suis, d'où je viens :
Sachez qu'on m'a choisi pour donner la parole
À chacun d'entre vous, pour apprendre le bien
Qui vous fit mériter cette noble auréole,
Vous, qui faites partie de la plus fine fleur
De notre grand pays, de la France éternelle.
Pourquoi, me direz-vous, tous ces propos flatteurs ?
D'autres que nous ont eu des actions aussi belles.
L'objection est de taille et je l'admets vraiment,
Mais il fallait choisir parmi toutes nos gloires
Et considérez-vous, dans ce rassemblement,
Comme une illustration de notre grande histoire.
Mais j'aimerais aussi entendre vos conseils,
Notre monde s'endort, sonnez-lui le réveil !

Le masque de fer :

Mon Dieu, voilà qui est d'une grande exigence
Et je ne sais…

Maître des débats :

Nous verrons. L'affaire est d'importance.
Mais il me faut d'abord vous donner la raison
De mon choix de ce lieu, si loin de vos maisons.
Pourquoi Le Pouliguen, cette petite ville,
Caressée par la mer, joyau de la presqu'île ?
Pourquoi pas, direz-vous, une grande cité ?
Et pourquoi pas Paris et ses célébrités ?
Eh bien, je vous le dis, il faut rendre justice
À ces lieux méconnus offrant mille délices.
Mais je m'égare, alors écoutons vos discours.

Se tournant vers Vercingétorix :

J'ai bien assez parlé : à vous, c'est votre tour.
S'il vous plaît, faites court et dites qui vous êtes,
Digne invité parmi ces nobles têtes.

Vercingétorix :

Merci pour cet honneur de parler en premier,
Moi, le Gaulois rebelle et le vaillant guerrier,
Moi, Vercingétorix, aux si belles moustaches,
Moi, qui savais manier la lance et la hache.
Hélas, trois fois hélas ! Funeste fut mon sort

Et le prix du combat fut mon indigne mort.
Assez parlé de moi, faisons donc connaissance
Et présentons-nous tous sans fausse réticence.

Se tournant vers le personnage masqué :

Vous, très cher commensal, vous êtes bien discret.
Quel est votre problème, quel est votre secret ?
Pourquoi vous cachez-vous derrière ce vilain masque ?
N'auriez-vous pas vécu des dizaines de frasques ?
Nous sommes impatients d'entendre vos discours !
N'ayez aucune crainte et parlez sans détours.

Maître des débats :

Halte-là, mon ami, vous connaissez l'usage
Qui doit être suivi dans notre aréopage,
Du moins dans les débuts de notre réunion :
Il importe avant tout que nous nous connaissions.
Car il est bien prévu que c'est sous mon contrôle
Que vous vous présentez chacun à tour de rôle.
Mais pour vous rassurer sur mon comportement
Nous allons écouter l'homme au déguisement
Qui m'a dit refuser de dévoiler sa face.

Vercingétorix :

Par Toutatis, sachez que tout cela m'agace,
Mais je vais dominer mon grand désagrément,
Moi, le vaillant Gaulois, je fus toujours très franc
Et ne penserais pas à faire tant de mystères.

Clovis :

Cher Vercingétorix, allez-vous bien vous taire !
Moi, Clovis, je vous dis : soyons sans courroux.
Et si quelqu'un fut franc, je le fus plus que vous.

Maître des débats :

Aux affrontements vains, je suis vraiment rebelle,
Je vous demanderai d'éviter les querelles.
Vous eûtes dans vos mains, de nous tous, le destin :
Ne vous comportez pas comme de vieux gamins.

S'adressant à Jeanne d'Arc :

C'est à vous de parler maintenant, gente dame.

Vercingétorix :

Mais je vous reconnais, je connais votre drame :
Vous êtes la Pucelle...

Jeanne :

Évitez, s'il vous plaît,
De m'appeler ainsi : ce terme me déplaît,
Ou voudriez-vous donc que je sois offensée ?

Vercingétorix :

Mais non, je vous en prie, ne soyez pas blessée.
Vous aurais-je connue, j'aurais pu avec vous,
Bouter tous les Romains, très loin hors de chez nous !

Maître des débats :

Cela est vraisemblable, et la Gaule et la France
Vous sont redevables de leur reconnaissance,
Vous, guerrière intrépide au milieu des combats,
Et, sans vous, notre roi serait tombé bien bas.

Jeanne :

Ne me parlez surtout pas de ce Charles VII !
Il m'a laissé tomber comme vieille chaussette.
Comme ce vil Cauchon...

Vercingétorix (à voix basse) :

                        Cochon qui s'en dédit.

Jeanne :

Vous plaisantez, pardieu !

Vercingétorix :

                        Non, non, je n'ai rien dit.
Vous entendez des voix, c'est une chose sûre.

Jeanne :

Non, et je n'aime pas votre désinvolture.
Bon, j'ai assez parlé : on connaît mes exploits,
Et je ne m'en vante jamais plus qu'il se doit.

Maître des débats (s'adressant au personnage masqué) :

Bon, à vous, cher ami : quel est votre mystère,
Pourriez-vous l'expliquer à notre phalanstère ?
Nous sommes gens d'honneur et de compréhension
Et serons, pour vous, tout plein de compassion.
Si votre vie ne fut qu'une longue détresse,
Vous apportant malheurs et souffrance sans cesse,
Nous saurons à coup sûr...

Olympe de Gouges :

                    Je n'aime pas ce ton,
Il ne présage rien qui puisse être très bon.
Pourquoi ce pessimisme étranger à notre âme ?
Pourquoi toujours parler d'abominables drames ?
Notre ami inconnu fut-il à la dérive ?
Je veux croire que non, dans l'espérance vive
Qu'il connût autrefois des moments de bonheur.
Qui sait s'il ne fut pas, pour les dames, un charmeur,
Tel un Casanova, adulé par les femmes,
Redouté des maris qui le traitaient d'infâme ?

Clovis :

Objection votre honneur, il vous faut tout d'abord
Révéler votre nom...

Olympe :

                    Bon, j'y consens, d'accord.

C'est Olympe de Gouges…

Vercingétorix :

        … Oh, quel nom magnifique !
Il sonne dans mon cœur comme de la musique.

Maître des débats :

Cher Vercingétorix, il me faut couper court
À votre échauffement…

Olympe :

        … Laissez-le faire sa cour,
J'ai révolutionné plus d'une âme amoureuse,
Une en plus aujourd'hui me rendrait bien heureuse.

Maître des débats :

Bon, revenons enfin à notre ami masqué.
Dites-nous quel destin a bien pu vous marquer.

Plusieurs héros :

Oui, oui, dites-nous tout !

Le personnage masqué :

        Vous me voyez ainsi
Des plus embarrassés et rempli de soucis.
Votre question pointue me pose un gros dilemme…

Bayard :

Moi, Bayard, je ne vois pas le problème,
Mais peut-être avez-vous commis tant de méfaits
Qu'il en fallut sans faute arrêter les effets.

Jeanne d'Arc :

Objection, grand guerrier : je trouve que ce masque
Ne sert pas à cacher l'aventure et les frasques.
C'est un objet funeste, évoquant bien l'enfer
Que connut sans espoir l'homme au masque de fer.
Je crois qu'il fut trahi par un être minable
Qui commit une action vraiment bien condamnable.
Je ne me trompe pas, suivant mon intuition,
Et j'éprouve pour lui beaucoup de compassion.

Bayard :

Intuition, intuition, est-ce bien vraisemblable ?
Notre ami connut-il ce destin détestable ?
Serait-il par hasard l'encombrant prisonnier
Qui fut par d'Artagnan conduit à ses geôliers ?
Avez-vous par hasard, pour cette étrange affaire,
Entendu à nouveau la voix de Dieu le père ?
Et vous, sombre inconnu, ne saurez-vous nous dire
Toute la vérité, pour le mieux, pour le pire ?

Le personnage masqué :

Je vais vous décevoir : pas de révélation,

Je garde mon secret, j'aime ma situation.
Je ne vous dirai pas ma véritable histoire,
Je ne vous dirai pas tous mes nombreux déboires.
Consolez-vous peut-être en pensant aux auteurs
Qui étudient mon cas au prix d'un grand labeur :
Ils croient parfois trouver la clé de mon mystère,
Et j'ai toujours plaisir à savoir leurs chimères.
Mais, chère Olympe, dites-nous maintenant
Quels furent vos hauts faits ?

Olympe :

                                    Volontiers j'y consens.

Maître des débats :

Décidément, on prend allègrement mon rôle,
Et, soit dit franchement, ce n'est pas vraiment drôle.
Je comptais diriger moi-même les débats,
Et tout mon joli plan, vous le mettez à bas.

Jeanne d'Arc :

Comprenez-nous, messire, et restez débonnaire :
Notre envie de parler ne doit pas vous déplaire.
Comprenez notre flamme et notre empressement :
Dans le feu de l'action, chassons le règlement !

Maître des débats :

Quel manque de discipline et quelle inconséquence !
Comment avez-vous pu profiter à la France ?

Bayard :

Nous sommes spontanés, pas indisciplinés,
Et notre France aurait besoin de gens bien nés,
Fidèles à leurs valeurs et non pas de phraseurs,
Dont tous les vains discours ont fait notre malheur.

Maître des débats :

Je ne veux pas jeter de l'huile sur les flammes
Et...

Jeanne d'Arc :

    ... Moi je vous le dis, vous troublez ma pauvre âme
Avec cette expression...

Maître des débats :

               ... Veuillez bien m'excuser,
Je me suis emporté, mais je vais m'apaiser.

Olympe :

Alors, enfin, puis-je évoquer les grands traits de ma vie,
Le sens de mes actions...

Jeanne d'Arc :

            ... Oui, j'en serais ravie.

Olympe :

Aux femmes, j'ai ouvert la porte de l'espoir,

J'ai voulu leur donner un bien plus grand pouvoir,
Qu'on entende leur voix, qu'elles soient les égales,
De ceux qui sont toujours l'engeance capitale.

Jeanne d'Arc :

Je vous approuve à fond, moi qui ai pu montrer
Les talents...

Vercingétorix :

   ... Je comprends, vous voulez démontrer,
Que vous avez été du MLF l'ancêtre.
Par le grand Toutatis, j'ai pu par bonheur naître,
Dans un pays viril...

Jeanne d'Arc :

   ... Arrêtez, je le veux,
Avec tout ce discours, vous êtes bien vieux jeu.
J'ai fait aussi beaucoup pour le sort des femmes,
Ces êtres abandonnés à un sort bien infâme.
Il m'a fallu subir les plus mauvais affronts,
Mais je leur ai fait face avec le plus grand front.
J'ai conduit au combat les gens de l'autre sexe,
Et si la situation fut parfois bien complexe,
J'ai su faire gagner ma foi dans l'avenir
D'un monde enfin plus juste et qui peut nous unir.

Clovis :

« Nous unir » fut le sens des choses que j'ai faites

Et je veux...

Maître des débats :

> S'il vous plaît, dites-nous qui vous êtes.

Clovis :

C'est vrai, j'ai oublié de vous dire mon nom
Sans reproche et sans vice...

Bayard :

> Oh, quel est ce surnom ?

N'avez-vous pas copié « sans peur et sans reproche » ?
Pour être franc, je dis que cela est bien moche.

Clovis :

Ne vous échauffez pas comme un vulgaire manant :
Vous n'avez entendu que le commencement.
J'allais vous assurer que ce surnom sublime
Serait donc, cher Bayard, vraiment illégitime.
Oublions tout cela, nous sommes des héros...

Olympe :

N'allez-vous pas rimer cela avec zéro ?

Clovis :

Vous êtes facétieuse...

Olympe :

Oui, il est vrai que j'aime
Rire ou me moquer, mais toujours sans blasphème.

Maître des débats (se tournant vers Clovis) :

Vous avez insisté sur les mots « nous unir »,
S'agit-il du présent ou de l'avenir ?

Clovis :

Les deux, mon directeur, l'avenir est un rêve,
Mais j'ai pu réunir, grâce à mon vaillant glaive,
Nos amis, tous les Francs et les Gallo-Romains.

Surcouf :

Moi, Surcouf, je vous dis…

Olympe :

Vous débarquez enfin !

Surcouf :

Oui, et j'ai toujours su choisir le temps propice
Pour attaquer l'Anglais et le mettre au supplice.
Mais vous, mon cher Clovis, votre glaive vaillant
N'a-t-il pas perpétré un acte malveillant ?
Vous comprenez, bien sûr, qu'il s'agit de ce vase
Que vous vouliez voler…

Clovis :

Ne faites pas d'emphases,
Ce n'était pas pour moi, je voulais simplement
Le remettre au clergé, ce que je fis vraiment.
Mais vous, vous aviez pris des gens sur vos navires,
Au mépris de la loi, qui venait d'interdire,
Qu'on fasse travailler, comme esclaves, des Noirs.

Surcouf :

Oui, mais j'aurais voulu qu'on me fasse savoir
Que c'était désormais une action illicite.
Et sachez toutefois que j'eus le grand mérite
De ne pas enchaîner ces pauvres prisonniers,
Comme le faisaient alors beaucoup d'aventuriers.

Maître des débats :

Mes amis, arrêtez cette vaine querelle !

Clovis :

Par ma foi, j'y consens...

Surcouf :

Ah, très bonne nouvelle !

Maître des débats :

Oui. Surcouf, pouvez-vous nous dire quelques mots ?
Vous avez donc choisi de vivre à Saint-Malo

Le reste de vos jours...

Surcouf :

> La douceur angevine
> Ne m'a jamais tant plus que la vigueur marine.

Olympe :

Ô, pauvre Du Bellay, vous maltraitez ses vers !
Je vois avec regrets ce très vilain travers.
Jeanne d'Arc :

Olympe, excusez-moi, je fus un peu distraite
Et n'ai pas entendu...

Vercingétorix :

> Pas entendu, mazette :
> Vous avez entendu des voix venues du ciel
> Et vous...

Maître des débats :

> Arrêtons là, venons à l'essentiel,
> Surcouf, c'était à vous, reprenez la parole.

Surcouf :

Quand j'ai tout arrêté, j'étais comme une idole.
J'ai cessé le combat, moi, le vaillant Surcouf,
Alors, tous les Anglais se sont écriés : « Ouf ! »
En fait, « ouf » en anglais.

Jeanne d'Arc :

« Phew », si je ne m'abuse.
Mais de parler anglais, je suis toute confuse.

Maître des débats :

Ne vous excusez pas, car nous pourrions penser
Que tous ces différends un jour seront passés.
Et que nous connaîtrons une entente cordiale.
Maintenant, mes amis, la chose primordiale :
Je vous ai fait venir, les héros d'autrefois,
Pour élire tous ensemble en toute bonne foi,
Qui est à votre avis, de tous les personnages,
Celui qui vous paraît le plus grand, le plus sage.

Bayard :

La chose est délicate...

Clovis :

Oui, vous avez raison.
Je pourrais vous citer des héros à foison
Et le choix me paraît une chose hasardeuse.

Maître des débats :

Certes, cette entreprise est des plus périlleuses,
Mais il faut en finir. Voici le règlement :
Certains voudront voter pour eux certainement,
Alors, vous choisirez en votre âme et conscience :

En premier, ce sera quelqu'un de l'assistance.
Mais je vous connais bien et il est à prévoir
Que chacun d'entre vous porte tout son espoir
Sur sa propre personne et fasse un vote utile,
Ce qui nous donnerait une issue inutile.
C'est pourquoi il faudra inscrire un second nom
Choisi parmi les gens d'un immense renom.
Je vous laisse à présent, faites un choix honorable.

Il sort, après avoir déposé sur la table feuilles et stylos et une urne.

Olympe :

Tout cela me déplaît…

Clovis :

C'est vraiment détestable.
Quel choix pourrais-je faire, comment être équitable ?

Bayard :

Je le dis tout de go, mon bulletin sera blanc.

Jeanne :

Bayard, vous me donnez l'idée d'un très bon plan.
Inscrivons le nom de notre voisin de droite…

Vercingétorix :

Je trouve cette idée vraiment des plus adroites :
Ainsi nous aurons tous obtenu une voix,

Voilà qui est exquis, bravo, foi de Gaulois.

Surcouf :

Tout ça, c'est bien joli, et le deuxième vote ?

Vercingétorix :

On va bien s'en tirer, ne t'en fais pas mon pote.

Jeanne d'Arc :

Je vous propose à tous de mettre un papier blanc,
Comme l'a dit Bayard, il y a un instant.
Ainsi, nous ne ferons de peine à aucune personne.

Olympe :

Je suis vraiment d'accord, votre idée est très bonne.
Allons-y et votons. Et gardons notre honneur.

Bayard :

Nous serons sans reproche et sans peur.

Le maître des débats arrive.

Maître des débats :

J'attends le résultat, grande est mon impatience,
Et j'ai confiance en vous, en votre compétence.
Voyons voir, tout d'abord, le vainqueur des présents.

Il prend des bulletins et les lit rapidement.

Diable, je le craignais, quel mauvais classement !

Clovis :

Qu'a-t-il de si mauvais ?

Maître des débats :

Mauvais et regrettable,
Car vous avez été, chacun, des plus blâmables.

Jeanne d'Arc :

Mais je ne comprends pas.

Maître des débats :

Moi, je comprends très bien.
Et, parmi tous les noms, chacun a mis le sien.

Olympe :

Objection, votre honneur, notre choix fut tout autre.
Le nom, par nous choisi, ne fut jamais le nôtre.

Maître des débats :

Bon, passons, peu m'importe et, le plus important,
C'est bien le résultat du deuxième élément.

Il prend la deuxième série de bulletins.

Ah non, là, c'est trop fort, c'est une galéjade !

Olympe :

Non, vous vous méprenez : c'est une rebuffade.

Vercingétorix :

Oser nous sonder nous, comme de simples manants !
C'est vraiment une honte...

Jeanne d'Arc :

Stoppez incessamment !
Car cette remarque n'est vraiment pas très bonne.
Valons-nous beaucoup mieux que les autres personnes ?

Vercingétorix :

Nous sommes des héros...

Clovis :

Et sans héros, c'est sûr,
Aucun pays ne peut espérer du futur.

Jeanne d'Arc :

Mais ne croyez-vous pas qu'il serait préférable
Que nous ne soyons pas autant indispensables ?

Vercingétorix :

Je crois entendre par vous le sermon d'un curé !

Bayard :

Pour moi, cet avis est tout à fait inspiré
Et je préfèrerais un monde sans querelles,
Sans guerre et sans terreur : l'idylle originelle.

Jeanne :

Si le monde pouvait se passer de héros,
Renaître à la vraie vie, repartir de zéro,
Quel bonheur ce serait... !

Olympe :

                    Jeanne, vous êtes sublime !
Quel magnifique esprit vous anime !
Et je crois maintenant qu'il faudrait en finir.
Ne pourrions-nous conclure ainsi pour l'avenir :
Nous réparons le monde avec quelques rustines,
Mais nous craignons toujours de nouvelles ruines.
Honorer le passé, les héros d'autrefois,
Créer un monde neuf avec ardeur et foi,
Voilà ce qu'il faudrait à notre descendance.

Le masque de fer :

Voilà qui est bien dit...

Vercingétorix :

                    Ô, la belle innocence !
Nous direz-vous sans fard qui sera le sauveur ?

Tous se croient des chefs, mais manquent de saveur.

Maître des débats :

Vous allez nous causer tout un tas de problèmes,
Votre réprobation n'est pas loin du blasphème.

Vercingétorix :

Croyez-vous, sans mentir, qu'on peut encore trouver
Un être supérieur qui n'ait rien à prouver,
Qui oublie son ego pour le bien des personnes ?
La tâche est trop ardue, c'est certain, j'abandonne.

Tous, sauf Vercingétorix :

Ô, le vilain discours, nous allons relever
Le défi insensé et nous pouvons rêver
De servir derechef et la France et le monde.
Nous allons sans arrêt, dans une foi profonde,
Servir où nous pourrons, animés d'une ardeur
Qui nous fera enfin être les grands vainqueurs
De ce nouveau combat, de ce défi étrange…

Vercingétorix :

Je crois avoir compris : il faut donc que je change.
Je vais me joindre à vous…

Clovis :

                Mais c'est parfait cela !

Tous :

Nous serons les sauveurs, nous voici, nous voilà !
Braves gens, oubliez les querelles stériles,
Que la rumeur, enfin, aille de ville en ville :
Nous voulons démontrer, tous, la main dans la main,
Qu'on peut encore créer un monde plus humain.

RENCONTRE INCROYABLE

Quelque part, au royaume des ombres, dans un coin de paradis, ou ailleurs, deux soldats de la Première Guerre mondiale se rencontrent. Appelons-les X et Y pour l'instant.

X : Bonjour ! On se connaît, il me semble ? Votre tête me dit quelque chose.

Y : Oh, ça m'étonnerait, je suis un oxymore.

X : Un oxymore ? Je ne comprends pas. Je n'ai jamais entendu ce mot.

Y : Mais si, peut-être. Rappelez-vous « cette obscure clarté qui tombe des étoiles ». Vous ne voyez pas ?

Le soldat X reste muet.

Y : Je dois dire que c'est un silence éloquent.

X : Vous vous moquez !

Y : Non, je vous assure, excusez-moi, je voulais simplement plaisanter un peu. Je vous assure, je vous dirai tout à l'heure qui je suis, mais je ne pourrai pas vous dire mon nom, cela poserait trop de problèmes. Mais vous, s'il vous plaît, qui êtes-vous ?

X : Vous êtes bien mystérieux, permettez-moi de l'être un peu, moi aussi. Apprenez que j'ai eu l'honneur de décider du sort de plusieurs soldats.

Y : Oh, dois-je me mettre au garde-à-vous, êtes-vous un fameux général, êtes-vous Joffre, Pétain, Foch, Gallieni ? Non, suis-je bête, je vous aurais reconnu.

X : Moi, un général, Dieu m'en garde !

Y : Ah, le bon Dieu, vous l'avez rencontré ?

X : Non, il y a trop de décès en ce moment et il n'a aucun temps mort dans son emploi du temps.

Y : Pourvu qu'il ne nous fasse pas une déprime !

X : Non, rassurez-vous, je pense qu'il l'aurait faite au moment des histoires avec son fils. Encore que toutes ces guerres, ça devrait gâcher son moral, il n'y a qu'elles qui ne meurent pas sur terre.

Y : Vous avez raison, mais dites-moi enfin : qui êtes-vous ?

X : Je suis Auguste Thin, soldat de deuxième classe, et c'est moi qui ai choisi le soldat qui repose sous l'Arc de Triomphe. Mais maintenant, dites-moi enfin qui vous êtes : je n'éprouve pas de plaisir à discuter avec quelqu'un dont je ne sais rien.

Y : Vous ne me reconnaissez pas ? Je vous ai dit : je suis un oxymore, je suis un illustre inconnu... Je suis... celui que vous avez choisi... je suis le soldat inconnu. *

* *Une petite anecdote souriante : quelqu'un avait récolté quelque argent en faisant une quête pour la femme du soldat inconnu. Authentique ou pas, c'est du moins ce que j'ai lu un jour dans une revue.*

FRANÇOISE ET L'AVION

« Tiens, une autostoppeuse ! » se dit Françoise, la petite cinquantaine, mais une petite cinquantaine qui était loin de ressembler à un demi-siècle, tellement elle justifiait par sa prestance et son charme l'expression « être dans la fleur de l'âge ». Elle avait quitté Guérande quelques minutes auparavant pour se rendre à Nantes, où elle avait quelques affaires à traiter. Mais, au lieu de prendre la route bleue, elle avait prévu de faire un détour pour passer par Ancenis, afin de rapporter à sa sœur un sac qui renfermait des choses indispensables. Celle-ci l'avait oublié quand elle était partie la veille, après sa visite. « Ne t'en fais pas, avait dit Françoise au téléphone, je dois aller voir des amis à Nantes, je vais faire un crochet par chez toi, mais je ne m'attarderais pas : nous nous sommes vues suffisamment longtemps ! » dit-elle en riant. Elle était partie sans son mari, qui n'avait pu se libérer de ses tâches quotidiennes.

« Tiens, se dit Françoise, cela fait bien un an que je n'ai pas eu l'occasion de prendre quelqu'un en stop. » Il est vrai que depuis BlaBlaCar et autres possibilités de covoiturage, ces gens qui s'en remettaient au hasard et à la bonne volonté des autres étaient devenus plus rares. La toute jeune femme était postée au bord de la route, à la sortie de Bouvron ; près d'elle, un joli grand sac bariolé. Elle inspira tout de suite confiance à Françoise. De plus, on se trouvait dans un endroit bien découvert qui n'aurait pas permis à quiconque de se dissimuler. En effet, il arrivait parfois qu'une fille fasse signe du bord de la route et, dès qu'une voiture s'était arrêtée, son copain surgissait. Un bon stratagème, pour être pris plus vite à deux.

— Bonjour madame, merci de vous être arrêtée.

— Normal, j'étais bien contente à votre âge quand on me prenait en stop. Où allez-vous ?

— À Nantes, ce n'est pas votre route, mais vous pourrez peut-être me rapprocher de la quatre voies.

— Vous avez de la chance, je vais à Nantes.

— Oh super !

— Mais je dois juste passer par Ancenis, déposer un sac chez ma sœur, cela ne sera pas long. Après, je vous laisserai dans Nantes, moi, je vais à l'aéroport.

— Non, j'ai trop de chance, c'est là que je dois aller. Ce n'est pas croyable ! Mais ne me dites pas que vous allez prendre le même avion que moi !

— Oh non, surtout pas, j'ai une phobie de l'avion et je ne l'ai jamais pris.

— Ce n'est pas possible !

— Si, si ! Je souffre d'un vertige abominable dès que je me trouve en hauteur. Je dis vertige, mais j'ai lu qu'il fallait appeler cela acrophobie. Bon, peu importe le nom. Vous savez, j'ai pourtant fait des efforts pour grimper jusqu'à la plateforme d'une tour, d'un clocher, mais, à chaque fois, au fur et à mesure que je monte, mon corps se crispe, j'ai l'impression que tout se resserre en moi et, soudain, je ne peux plus continuer, alors je redescends, et chose incroyable, dès la deuxième ou troisième marche, là où je sentais en montant que ça n'allait plus, que j'allais être comme paralysée, tout se détend en moi, la chape qui pesait sur mon corps a disparu, je peux même regarder vers le haut ou vers le bas. Parfois je fais un gros effort, quitte à marcher à quatre pattes, pour arriver jusqu'en haut d'un édifice, mais je ne peux pas y rester : j'ai l'impression qu'une force implacable me pousse à sauter dans le vide. Le pire, c'est que je ne sais pas ce qui a déclenché cela. En effet, quand j'avais onze ans, je suis allée à Paris avec mes parents et, évidemment, nous sommes allés voir la tour Eiffel. Il n'était pas prévu que nous montions jusqu'au troisième étage, mais, devant ma déception et mon insistance, mes parents ont décidé d'aller jusqu'en haut. Je fus enthousiasmée. Hélas, maintenant, je n'oserais même pas monter au premier ! Allez, je vous ennuie avec mes histoires, parlons d'autre chose.

— Mais non, mais non. Vous savez, j'ai un oncle qui était comme vous et on lui a tellement répété que sa phobie n'avait rien à voir avec l'avion, qu'il a fini par faire quelques vols. Ce n'étaient pas de longues distances, mais quand même... il s'est jeté à l'eau, si je puis dire.

— Vous avez sûrement raison. Je me dis qu'il faudrait quand même que j'essaie, d'autant plus qu'on m'a souvent dit la même chose que ce que vous venez de me raconter.

Les deux femmes continuèrent à discuter.

— Voyez comme la campagne est belle, dit Françoise, c'est pour cela que j'évite souvent de prendre la quatre voies quand je vais voir ma sœur. Tenez, regardez ces arbres qui ont mis des parures de perles ; quand je pense que l'on qualifie le gui de parasite !

Soudain, Françoise poussa un grand cri et appuya de toutes ses forces sur la pédale de frein. à quelques dizaines de mètres, un peu sur la gauche, un avion de tourisme semblait tout près de venir s'écraser sur la voiture. L'autostoppeuse se recroquevilla et ferma les yeux. Et miracle, l'avion frôla la voiture et se posa sur une grande prairie qui bordait la route. Françoise s'arrêta sur le bas-côté et les deux femmes descendirent de la voiture, chancelantes, et se dirigèrent vers le pré où s'était immobilisé l'appareil. Quelques instants après, le pilote, blême comme un triste matin, sortit de l'appareil.

— Mon Dieu, comme vous nous avez fait peur, dit Françoise.

— Et moi donc, répliqua le pilote, j'en tremble encore.

La presse locale relata les faits sous le titre « Le bonheur fut dans le pré ! ».

— Bon, dit Françoise, c'est peut-être mon prénom qui nous a sauvées.

— Comment ça ?

— Devinez ! Je m'appelle Françoise, comme la sainte patronne des automobilistes. Qui sait si elle n'a pas voulu faire sa BA du jour ?

— Vous y croyez, vous, à ça ? Alors je vais vous étonner. Je suis née dans une famille où il y avait déjà trois garçons. Mes parents se désespéraient un peu de ne pas avoir de filles. Ma mère, qui était italienne et très croyante, pensait que c'était un cas désespéré. Elle fit donc appel dans ses prières à sainte Rita et elle lui promit d'appeler Rita la fille qu'elle espérait mettre au monde. Et voilà, je m'appelle Rita. Je n'ai pas eu le temps de l'implorer, mais c'est peut-être elle qui nous a sauvées, et pas sainte Françoise, dit-elle en riant.

Et vous vous rendez compte, vous qui avez la phobie de l'avion : s'il s'était écrasé sur la voiture, quelle ironie du destin, vous seriez morte dans un accident d'avion et, si j'ose dire, la chute de notre histoire aurait été encore plus spectaculaire !

OUI, C'ÉTAIT BIEN LUI

Alexandre Ponselle, qui habitait dans la région d'Angers, était venu au Pouliguen pour y passer quelques jours de vacances avec sa famille. Un de ses amis lui avait vanté les attraits de cette petite ville qui, jusqu'à présent, avait plutôt bien résisté à l'invasion du béton. Il n'avait pas été déçu et avait déjà flâné plusieurs fois dans les rues du centre, le long du port et de la promenade, mais aussi dans de nombreuses rues. Il avait su apprécier la beauté des villas parfois centenaires : on pourrait certes les trouver modestes, mais, si elles n'ont pas la majesté de certaines demeures de La Baule, elles n'en représentent pas moins l'élégance discrète d'une ancienne époque. Small is beautiful.

Il s'intéressa, comme il le faisait toujours, aux noms portés par les villas.

Il accueillit sans moquerie les traditionnels « Sam Play » et autres « Abri côtier ». Il découvrit avec un grand plaisir des trouvailles poétiques ou astucieuses, comme, par exemple :

Ber Nic, Villa du Port Nau, Gé Mo. Pour certains noms, il se demandait quel événement, quel mystère, quel destin pouvait bien se cacher derrière deux ou trois mots dont le sens profond lui échappait. Ayant appris qu'une Pouliguennaise avait recensé les noms de toutes ces villas, il s'empressa d'aller acheter son ouvrage : « Un petit nom pour ma maison ».

Au troisième jour de son séjour, Alexandre Ponselle fit une rencontre inattendue : il se promenait, seul ce jour-là, sur le bord de mer qui porte à nouveau son nom originel : la Grande côte. Cependant, le nom qui a désigné cet endroit pendant des décennies est encore très usité : la Côte sauvage. Dans la maison d'hôtes où la famille s'était installée, la logeuse lui avait montré d'anciennes cartes postales qui confirmaient bien l'authenticité du nom retrouvé. On peut se demander pourquoi la dénomination « Côte sauvage » avait vu le jour : ce nom était peut-être plus apte à intéresser, à attirer promeneurs et touristes. Cependant, depuis quelques décennies, certains se demandaient ce que l'endroit avait de sauvage, avec la route et aussi avec toutes ces constructions plus ou moins belles, plus ou moins en harmonie avec le cadre. En fait, pour découvrir ce caractère sauvage, car il existe, il faut venir les jours de tempête, quand la mer se fait violente et menaçante, quand les vagues impétueuses frappent contre les nombreux rochers et s'épanouissent au-dessus d'eux, comme un feu d'artifice, quand des fleurs d'écume arrachées par le vent virevoltent comme des mouettes ou viennent recouvrir des parties de la chaussée comme une fine couche de neige.

Rien de tout cela lors de cette promenade : le vent léger était caresse, la mer était douceur. Et le soleil venait ajouter sa note de joie et de sérénité.

Profitant du faible nombre de promeneurs, quelques chiens gambadaient, obéissant bien au moindre rappel de leur maître ou de leur maîtresse.

Un chat, immobile, s'était installé au bord de la falaise, le corps prêt à bondir, tel un coureur de cent mètres. Tout à coup, il se détendit, jaillissant comme une flèche, décrivant un arc de cercle du départ au point d'arrivée. Pourquoi cette stratégie, cette prise de hauteur ? Peut-être pour impressionner la proie. Hélas pour lui, le mulot avait été plus rapide encore : avait-il trouvé une entrée de secours ? Sans doute désabusé, le chat s'éloigna d'une démarche majestueuse, comme s'il faisait semblant de n'accorder aucun intérêt à cet échec.

Soudain, Alexandre Ponselle aperçut une silhouette qui lui parut familière. « C'est quelqu'un que je connais ! Mais qui ? Ah oui, c'est le docteur Mallet ! » Ce praticien était son médecin de référence depuis environ un an. Ne voulant pas risquer d'être importun, Alexandre se contenta, sans s'arrêter, d'un cordial « Bonjour ! Bonne promenade ! ». Notre second personnage se demanda qui l'avait salué. Certes, le visage de ce promeneur ne lui semblait pas inconnu, mais il ne réussit pas à lui attribuer un nom.

Quelques semaines plus tard, Alexandre Ponselle consulta le docteur Mallet et lui demanda s'il avait apprécié son séjour au Pouliguen.

« De quel séjour me parlez-vous ? » demanda le médecin.

En fait, le docteur Mallet n'était jamais allé au Pouliguen et Alexandre comprit sa méprise : pas très physionomiste, il avait confondu son praticien avec un inconnu. Il suggéra alors à son médecin d'aller passer des vacances au Pouliguen, où le hasard lui ferait peut-être rencontrer son sosie.

Quant à ce dernier, le « faux » docteur, il s'appelait Rémy Naudin et tenait un restaurant à Bordeaux. En croisant Alexandre Ponselle, il avait cru reconnaître un de ses clients, Bertrand Delille. Le hasard, vraiment facétieux en cette circonstance, fit que, deux semaines plus tard, ce dernier se rendit chez le restaurateur pour discuter des modalités d'un repas de fête. Celui-ci se rappela la rencontre faite au Pouliguen et dit alors à Bertrand Delille :

— Excusez-moi, il y a une quinzaine de jours, au Pouliguen, je ne vous ai pas reconnu sur le coup.

— Comment cela « pas reconnu au Pouliguen » ? Je n'y suis jamais allé.

Cette double méprise fera peut-être sourire quelques lecteurs, malheureusement, les personnes concernées n'auront connu que la moitié de l'histoire… à moins que, par un nouvel hasard, elles lisent ce texte.

UNE BELLE ÂME

— Vous vous fichez de nous, monsieur Besnard !

— Je ne me permettrais pas.

— Donc, si je vous crois, vous ne savez pas où se trouve votre beau-frère ?

— Mais non, c'est la vérité, je vous le jure.

— Je ne vous crois pas !

— Monsieur, sauf votre respect, je ne vous permets pas de laisser supposer que je sois un menteur.

L'homme qui était ainsi interrogé par un officier allemand, qui parlait un très bon français, était Pierre Besnard, une personne d'une grande bonté et d'une parfaite honnêteté. Parti de pas grand-chose, comme on dit familièrement, il avait réussi, grâce à son travail et à son bon sens, à créer, puis à développer une petite entreprise de fabrication de chaussures. Il traitait ses employés avec compréhension, pour lui c'étaient des associés plutôt que des subalternes. On peut dire que c'était « un patron chrétien », comme il en existe encore. Son aventure économique avait commencé par l'exploitation d'un commerce « Chaussures, cuirs, crépins » situé 107, rue de Dinan, à Rennes. Il était associé à cette époque avec Antoine Jagu, son beau-frère du côté maternel. Ce dernier avait rejoint le maquis et, depuis, personne n'avait plus reçu de ses nouvelles.

Quelle n'avait pas été la stupeur des personnes présentes dans le magasin quand arriva cet officier à l'uniforme noir impressionnant ! Il était accompagné de quelques membres de la Gestapo ! Si l'on pouvait se permettre un jeu de mots, on pourrait dire que tout le monde était dans ses petits souliers.

— Je répète ma question, monsieur Besnard : dites-moi où se trouve votre beau-frère.

— Je ne le sais pas... Vous le savez, vous, où est votre beau-frère ?

— Dites donc, vous, vous ne manquez pas d'audace.

— Ce n'est pas de l'audace, je n'ai rien à me reprocher.

— Vous ne savez donc pas où est votre beau-frère ! Ce n'est pas possible, il s'agit de votre associé quand même !

— C'est vrai, mais nos tâches sont bien distinctes : moi je m'occupe du magasin, lui, il visite nos clients, les détaillants.

— Quand l'avez-vous vu pour la dernière fois ?

— Il y a une quinzaine de jours, je crois.

— Et il ne vous a rien dit de particulier ? Il ne vous a pas donné les noms des clients qu'il allait voir ?

— Non, nous travaillons indépendamment l'un de l'autre et nous faisons le point seulement de temps en temps.

L'officier allemand commençait à s'impatienter quelque peu : connaître le nom des commerçants qu'Antoine Jagu avait prévu de visiter lui aurait certainement permis d'obtenir quelques informations lâchées imprudemment. Il changea de stratégie et posa deux ou trois questions pièges, mais sans succès. Pierre Besnard, quant à lui, gardait tout son calme et sa lucidité. D'ailleurs, il n'était pas homme à se laisser intimider facilement : comme ce jour où un autre officier SS était venu essayer ses nouvelles bottes : Pierre Besnard, voulant en quelque sorte faire passer un message de paix, avait dit à ce militaire : « Vous portez un très bel uniforme, mais pourquoi cette tête de mort sur votre képi ? Une fleur, ce serait tout de même plus gai ! » Bien qu'il eût dit cela avec un petit sourire, sa remarque fut mal perçue : « Monsieur, vous insultez l'armée allemande ! » répondit sèchement l'officier. Cela lui servit de leçon, et le jour de cet interrogatoire dans son magasin, Pierre Besnard s'abstint évidemment de plaisanter, continuant simplement d'assurer qu'il était de bonne foi, et qu'il était dans l'incapacité de dire où était son beau-frère. L'officier allemand perdit alors complètement patience et s'adressa alors aux soldats qui l'accompagnaient : « Bringen Sie diesen Kerl sofort ins Jacques-Cartier-Gefängnis ! »

Pierre Besnard ne connaissait pas l'allemand, mais en entendant « Jacques Cartier », il comprit ce qui l'attendait : la prison, et sans doute pire. À ces mots, il sentit tout son corps se crisper, mais sa volonté lui fit surmonter cette réaction.

« À bientôt, mes amis ! » lança-t-il à l'adresse des personnes présentes, puis il se laissa emmener sans dire un mot. Cependant, il jeta à l'officier un regard dans lequel se mêlaient étrangement le mépris, la compréhension et l'incompréhension. Il méprisait ces gens qui s'étaient livrés corps et âmes à l'une des pires personnifications du mal qu'ait connues l'humanité. Mais il savait aussi que les militaires non nazis étaient confrontés à un double cas de conscience. Tout d'abord, ils avaient prêté serment à Hitler, jurant d'obéir à ses ordres. Puis certains pensaient qu'il fallait, avant toute chose, défendre la patrie et qu'ils étaient là pour gagner la guerre. Parmi ceux qui n'adhéraient pas, ou qui n'adhéraient plus au nazisme, certains franchirent le pas et luttèrent, d'une façon ou d'une autre, contre cette dictature. En vain, malheureusement.

Pierre Besnard se retrouva alors dans une cellule avec cinq autres personnes. Il s'attendait à être torturé et tentait de se préparer à ces moments abominables. Il puisa dans sa foi des ressources de courage impensables, et réussit, par moments, à se persuader qu'il saurait supporter les souffrances physiques. Mais il y avait aussi les souffrances morales : il pensait à sa famille, à ses proches, à ses amis, il s'imaginait tout le désespoir de ces êtres qu'il aimait tant.

Tous ceux qui apprirent cette incarcération furent consternés et révoltés par une telle injustice. On présageait quel allait être le sort de Pierre Besnard. Tous ressentirent une immense tristesse s'abattre sur eux. Beaucoup prièrent pour le mari, le père, le parent, l'ami.

C'est alors que se produisit l'imprévisible : Émilienne Martin, une assistante sociale, amie de la famille, fut tellement bouleversée en apprenant la nouvelle, qu'elle prit le risque insensé de se rendre à la Kommandantur. Risque insensé, car elle faisait partie d'un réseau de résistants, ce que les Allemands auraient pu découvrir. Ils auraient pu imaginer qu'elle venait demander la libération d'un compagnon résistant, craignant qu'il ne livre des noms sous la contrainte. Émilienne Martin courait donc, elle aussi, le risque de se faire arrêter.

Le hasard, la chance, ou Dieu, ou les trois à la fois firent qu'il n'en fut rien. Il faut dire qu'Émilienne Martin n'était pas venue sans « munitions ». En effet, elle s'était procuré la liste des officiers allemands qui faisaient fabriquer leurs bottes par l'entreprise que dirigeait Pierre Besnard : celui-ci était resté bien droit dans ses bottes. D'une part, il n'aurait guère pu refuser d'effectuer ce travail, et, d'autre part, grâce à ces commandes, il pouvait récupérer, sans que rien n'y paraisse, du cuir et, ainsi, fabriquer des chaussures pour des Français, en partie aux frais des Allemands. Il ne s'agissait donc aucunement de collaboration. De plus, Pierre Besnard avait réussi à faire libérer quelques ouvriers spécialisés dans la fabrication des bottes, notamment Jules Lefeuvre de Châteaubourg et Alexandre Troutneff (d'origine russe). Ce fut un peu comme une « liste Schindler », petite certes, mais la grandeur d'âme, la bonté et le courage ne se quantifient pas.

Émilienne Martin sut être assez convaincante.

« Raus ! » Un soldat allemand venait d'entrer dans la cellule où se trouvait Pierre Besnard, mais celui-ci ne comprit pas ce mot. Joignant le geste à la parole, le soldat dit alors : « Raus ! ... Madame ! ». Cette fois-ci, le prisonnier espéra, à juste titre, qu'on le libérait, et qu'avec ce « Madame », on voulait lui faire comprendre qu'il allait retrouver sa famille. Il se retourna vers ses codétenus, mais il ne trouva pas les mots qu'il aurait pu leur dire. Dans un très léger mouvement, il monta ses bras de quelques centimètres, ce qui provoqua un infime haussement d'épaules. Ce faisant, il écarta ses deux mains, comme dans un geste d'impuissance qui signifiait peut-être : « Je ne sais pas ce qui m'arrive... Je vous quitte... Pourquoi moi ? Pourquoi pas vous ?... »

Les Allemands libérèrent aussi un autre détenu, le maire de Comblessac, du fait de son très mauvais état de santé. Il mourut malheureusement le lendemain de sa libération. Il avait été dénoncé parce qu'il cachait dans son jardin des armes pour les résistants.

Quant aux autres prisonniers, hélas ! ils furent tous fusillés.

Le jour où Pierre Besnard fut libéré, sa famille se trouvait réfugiée à la Chapelle-Thouarault, à une vingtaine de kilomètres de Rennes. C'était le mercredi des Cendres. On peut aisément s'imaginer que, pour une famille pratiquante, cette célébration ne pouvait que rendre encore plus désespérante la détention de Pierre Besnard. Tous pensaient d'ailleurs qu'on ne le reverrait jamais.

Vers onze heures, Marcelle, l'épouse et mère de famille, crut voir, dans la brume, apparaître un fantôme : peu à peu les contours d'une silhouette se précisaient, c'était bien lui, Pierre Besnard... il arrivait de Rennes, à vélo.

Alléluia !

Mais ses ennuis n'étaient malheureusement pas terminés. À la Libération, quelques esprits mal intentionnés, peut-être des résistants de la dernière minute, cherchèrent à nuire à cet homme intègre. Une enquête fut même ouverte à son encontre, les mauvaises langues disaient, non sans un humour involontaire, qu'il avait été à la botte des Allemands. Heureusement, il y eut suffisamment de témoignages en sa faveur et il fut bientôt disculpé. D'autant plus qu'on apprit qu'il avait contribué, vers la fin de la guerre, à sauver un aviateur américain, George C. Padgett, dont l'avion s'était écrasé près de la Chapelle-Thouarault. Une famille de cultivateurs, les Blanchard, l'avait caché dans un grenier. Quand Pierre Besnard rencontra cet aviateur, qu'il s'agissait de confier à un groupe de résistants, il remarqua qu'il fallait lui fournir des vêtements adaptés à sa taille et il lui donna donc un de ses costumes, ce qui lui permit de passer inaperçu. Malgré quelques épisodes très difficiles, ce combattant américain survécut à la guerre et rendit plusieurs fois visite aux habitants de ce petit village, et notamment à tous ceux qui l'avaient aidé. Son souvenir reste aujourd'hui présent, grâce à une place de la Chapelle-Thouarault qui porte désormais son nom.

Quant à Antoine Jagu, il réapparut à la fin de la guerre et obtint quelques décorations, on lui attribua le titre de « Président des maquisards ».

Quelque temps après, les deux associés se séparèrent : Antoine Jagu dirigea le magasin de la rue de Dinan et Pierre Besnard créa une nouvelle entreprise, rue Duhamel. Celle-ci prospéra, puis elle fut transférée au Rheu. Elle cessa de fabriquer des chaussures, mais elle continua à fournir les détaillants et diversifia sa palette de produits (vêtements de sport par exemple).

Lors de cette dernière étape de sa vie professionnelle, Pierre Besnard garda la même attitude, non pas paternaliste, mais bienveillante et compréhensive envers tout le personnel, et ce malgré l'augmentation de l'effectif. Et, cela nous ramène des années en arrière, quand, après avoir été libéré, il retourna à l'entreprise, il fut accueilli par les employés qui lui offrirent un grand bouquet de fleurs, entouré d'un ruban bleu, blanc, rouge. Très ému, il déclara : « Je vous retrouve, comme on retrouve une famille. »

JE VOUS ARRÊTE

Il était environ 18 heures, ce 10 juin 1944, quand le gendarme Joseph Thomas entra dans la pharmacie de monsieur Bernard Triquier. Celui-ci portait la blouse blanche traditionnelle, sous laquelle apparaissait un joli nœud de cravate de couleur bleu de France. Il avait l'air quelque peu soucieux, mais, en l'observant bien, on pouvait deviner à certains regards, à certains changements presque imperceptibles de son visage, que c'était un homme beaucoup moins renfermé qu'il y paraissait. Deux clientes étaient restées dans la pharmacie et continuaient à bavarder.

Ce magasin donnait, même pour l'époque, une impression un peu vieillotte, qui ne manquait cependant pas de charme. Tous les meubles, qui se composaient essentiellement d'étagères, étaient d'un bois sombre ; certains les trouvaient plutôt tristounets, surtout quand le temps ou les événements n'incitaient pas à l'euphorie. Mais l'ensemble était égayé par des dizaines de pots plus ou moins colorés : ils renfermaient des substances supposées guérir de tous leurs maux les personnes « souffrantes ». C'étaient en fait de petites œuvres d'art, qui firent plus tard le bonheur des antiquaires et des brocanteurs, quand, remplacées dans les pharmacies par des objets plus modernes, elles furent à la mode pour la décoration intérieure. Elles faisaient cependant bon ménage avec des conditionnements plus récents et l'on pouvait apercevoir, entre autres, le charbon de Belloc et les fameuses pastilles Vichy, qui, elles, ne disparurent pas à la Libération.

Quand le gendarme fut entré, et après les salutations d'usage, une des deux dames lui adressa la parole :

— Alors, Joseph, que va-t-il se passer ? On entend dire que les Allemands vont s'en aller.

— Nous, à la brigade, nous ne savons rien, et puis, n'oubliez pas, ne parlez pas trop : les murs ont des oreilles.

Cela coupa court à ce début de discussion et les deux femmes, un peu déçues de ne pas repartir avec une bonne nouvelle à annoncer aux amis et connaissances, quittèrent les lieux.

C'est alors que Joseph Thomas, l'air préoccupé, se dirigea vers le pharmacien :

— Pouvons-nous aller dans l'arrière-boutique ?

— Pourquoi donc ? Que se passe-t-il ?

— Ne vous inquiétez pas, mais il vaut mieux que nous soyons à l'écart des oreilles indiscrètes, et aussi des regards, au cas où des clients arriveraient.

— Bon, venez !

Très peu de gens savaient que Bernard Triquier était membre de la Résistance. Il était prévu qu'il prenne bientôt le commandement d'un groupe.

Le pharmacien appela son épouse et lui demanda de venir pour tenir l'officine.

— Ne t'inquiète pas, lui dit-il, je ne sais pas de quoi il s'agit, mais ce n'est pas grave.

Quand les deux hommes furent installés dans l'arrière-boutique, une petite pièce pauvrement meublée, le brigadier prit un air sérieux :

— Monsieur Triquier, j'ai appris par une source sûre que vous alliez être arrêté par les Allemands.

— Oh, mon Dieu ! mais pourquoi donc ?

— Je ne sais pas, mais je vous connais bien : vous êtes un honnête homme, apprécié de tous, et j'ai cherché comment je pourrais vous sauver. Voici à quoi j'ai pensé : je vais vous arrêter, discrètement bien sûr, et vous mettre en cellule à la brigade : la Gestapo ne pensera pas à venir vous y chercher !

— Vous croyez ?

— Oui, et je ne vois pas d'autres solutions. Vous êtes bel et bien sur la liste des prochaines personnes à arrêter.

Un silence pesant s'établit pour quelques longues secondes.

— Je ne sais pas comment vous remercier, surtout que vous aussi vous prenez des risques.

— N'en parlons pas. Espérons que nous pourrons fêter cela ensemble quand cette fichue guerre sera finie. Mais il reste un problème : il faut protéger votre femme. Là aussi, j'ai pensé à un plan qui devrait fonctionner. Si vous voulez bien, nous allons le lui expliquer.

Le pharmacien, inquiet et bouleversé par cette nouvelle, sortit de la pièce d'un pas hésitant, comme s'il avait voulu poser quelques questions. Pour le rassurer, peut-être aurait-on pu lui conseiller d'appliquer la méthode d'un de ses illustres confrères d'autrefois, le sieur Coué. « Non, je ne risque rien, je ne risque rien, non ! »

Quelques instants après, il revint avec son épouse. Celle-ci s'adressa au gendarme :

— Mon Dieu, que se passe-t-il ? Pourquoi êtes-vous là ?

— N'ayez pas peur, madame, mais votre mari est dans une situation délicate, je peux même dire très dangereuse, mais je suis venu pour l'aider, pour le sauver.

Joseph Thomas expliqua donc tout à la pharmacienne.

— Maintenant, dit-il, voici ce que vous allez faire pour ne pas être inquiétée par la Gestapo. Il est possible que l'on débarque chez vous cette nuit, alors il faudra jouer les innocentes et dire que vous ne vous étiez pas rendu compte que votre mari n'était pas rentré. Vous raconterez que vous aviez pris un somnifère et que vous vous êtes endormie, alors que votre mari n'était pas encore rentré du café des Sports où il va parfois pour jouer au billard.

— Comment savez-vous cela ? C'est vrai, il y va parfois.

— Du flair, madame, du flair. Un gendarme sans flair, c'est un bateau sans gouvernail. Demain matin, dès que vous serez levée, vous téléphonerez à l'hôpital, aux amis avec qui il joue, et puis évidemment à la police. Vous direz que vous êtes très inquiète, que vous êtes sans nouvelles de votre mari. Il faudra bien garder votre sang-froid. La réussite du plan dépend aussi un peu de vous. Si vous vous en sentez capable, quand la Gestapo viendra vous questionner, voici ce que vous pourriez dire : « Oh, j'espère que ce ne sont pas des gars de la Résistance qui l'auront emmené de force ! » Dire cela les mettra peut-être dans de bonnes dispositions : ils penseront que vous êtes du même côté qu'eux et que votre mari a eu maille à partir avec la Résistance.

Puis le gendarme se tourna vers le mari :

— Prenez quelques affaires et venez me retrouver, sans qu'on vous voie. Je suis stationné dans la rue derrière. Voilà, bon courage, madame, et au revoir.

— Au revoir, et je vous dis un immense merci.

Bien que la pharmacienne n'eût pas le cœur à plaisanter, une chanson, que fredonnaient parfois ses parents, lui vint à l'esprit : « Les agents sont de brav's gens, qui s'baladent, qui s'baladent... » Ils s'agissaient certes de gendarmes et non pas d'agents, mais un uniforme en vaut souvent un autre.

La première partie du plan se déroula parfaitement. La chance était du bon côté, car le gendarme qui se trouvait en service à la caserne était un excellent ami de Joseph Thomas et pas du tout favorable à la collaboration qu'on imposait aux forces de l'ordre. Ce dernier n'eut donc pas à inventer une histoire pour justifier l'arrestation du pharmacien.

Hélas, dans la nuit qui suivit, Bernard Triquier fut exécuté en pleine rue. Qu'avait-il pu se passer ?

Est-il possible que le gendarme qui fut ensuite de faction pendant la nuit ait été un collaborationniste convaincu et que, comble de malchance, il ait eu connaissance de la fameuse liste ? Découvrant que Bernard Triquier était incarcéré à la caserne, il aurait compris que la Gestapo ne viendrait pas le chercher ici et serait donc allé le trouver dans sa cellule, lui déclarant : « Nous sommes désolés, excusez-nous, c'est une erreur. Vous allez pouvoir retourner chez vous. »

Que pouvait faire le pharmacien ? Dire la vérité ? Impossible, cela aurait risqué de compromettre gravement celui qui avait tenté de le sauver.

Mais l'action d'un gendarme collaborationniste n'est qu'une hypothèse. Personne ne connaît la vérité.

JEUX D'ENFANTS

« J'ai gagné ! » C'était une jeune enfant d'environ six ans, Jeanne-Marie, qui clamait sa fierté aux oreilles de son jeune frère, Jo. Ils se tenaient tous les deux à la fenêtre du premier étage de leur appartement, fenêtre qui donnait sur un camp allemand à Fontevrault (le Fontevraud actuel). C'est ici que la famille s'était installée après la mutation du père, un gendarme qui, jusqu'à présent, avait été basé à Drancy.

Le logement était presque miséreux, très sombre ; la famille l'appelait parfois le taudis. Il fallait aller chercher l'eau à la pompe située dans la cour ; plusieurs lattes du parquet étaient disjointes et se soulevaient un peu quand on marchait dessus.

Tous les jouets des enfants avaient péri, victimes de la folie, de la sauvagerie de quelques soldats nazis. En effet, en représailles contre les gendarmes de Drancy, du moins contre certains d'entre eux que l'on suspectait d'aider parfois des prisonniers, ces fanatiques avaient saccagé plusieurs appartements, jetant par les fenêtres tout ce qui leur tombait sous la main, meubles et objets. Ensuite, avec une inconscience et une sauvagerie impardonnables, ils avaient allumé un grand feu. Ils avaient livré aux flammes ce qui représentait des trésors personnels, détruisant ainsi comme une partie de la vie de ces Français. Un immense feu de tristesse. Les jouets des enfants n'avaient pas été épargnés non plus.

Alors que faire les jours où il n'y avait pas d'école ? Aller jouer dehors avec quelques petits voisins ? Hélas, non ! À cette époque, les poux élisaient souvent domicile dans la chevelure des enfants, et la maman de Jeanne-Marie et Jo faisait tout son possible pour protéger les petites têtes blondes de l'invasion de ces parasites.

Que faire, mais que faire ? « Les enfants s'ennuient le dimanche » a chanté Charles Trenet : Jeanne-Marie et Jo eux aussi s'ennuyaient. Tout à coup, Jeanne-Marie eut une idée qui en étonnera plus d'un : « Et si on faisait un concours de crachats ? » D'où sortait-elle cela ? Probablement avait-elle aperçu quelques garçons se livrant à ce jeu, qui fait dire beurk à beaucoup. D'aucuns préféreront le lancer de noyaux de cerises ou de bigorneaux ! En fait, ces deux enfants étaient peut-être des précurseurs : dans une édition du mois d'octobre 2012, le quotidien La Montagne rapporte que des étudiants, sans doute un peu éméchés, s'étaient livrés à Tence à un concours de crachats. L'un d'entre eux prit son élan et...

tomba par-dessus la rambarde. Il s'en tira sans trop grand mal.

Donc, Jeanne-Marie et Jo s'installèrent à la fenêtre devant laquelle passaient souvent des soldats, ainsi que des prisonniers en tenue de bagnards. Ces derniers allaient couper du bois pour alimenter les fourneaux de la cuisine de la prison d'État. Les gens l'appelaient la Centrale et c'était une des plus dures de France.

Le jeu commença et connut plusieurs rebondissements. Soudain, les enfants aperçurent deux soldats, dont l'un pointait une arme vers la fenêtre. Jeanne-Marie et Jo ne se demandèrent pas un seul instant si cet Allemand voulait s'amuser un peu en répondant, à sa façon, à leurs crachats. Terrifiés, ils s'allongèrent sur le sol et, n'osant pas se relever, ils traversèrent en rampant la chambre des parents, pour enfin arriver dans la cuisine, où se trouvait leur mère.

Celle-ci, après avoir écouté leur récit, s'apprêtait à les gronder un peu et à leur expliquer qu'ils n'auraient pas dû jouer à ce jeu. C'est à ce moment-là qu'on sonna à la porte. La mère des deux enfants alla ouvrir et ceux-ci se précipitèrent, eux aussi, vers la porte. Jeanne-Marie se demandait : « Qui peut venir chez nous à cette heure ? Pourvu que ce ne soit pas monsieur Durand : il nous raconte toujours des histoires qui n'en finissent pas et qui ne nous intéressent pas. Et il est énervant à tourner sans arrêt les poils de sa moustache ! »

En fait, pas de moustaches, mais deux soldats allemands. Les enfants reculèrent, quelque peu apeurés par ces militaires vêtus si sombrement.

En passant sous la fenêtre, l'un d'entre eux avait reçu quelques « embruns ». Il ne parlait pas français et son collègue traduisait, dans un français assez correct.

La mère se tourna vers les enfants et, jouant les innocentes, elle demanda :

— Qu'est-ce que c'est que cette histoire ?

— Nous faisions un concours de crachats, répondit Jeanne-Marie.

Et la maman, sur un ton pas trop sévère, leur dit :

— Oh mais, vous n'êtes pas un peu fous ? En voilà des façons !

Puis, se tournant vers le militaire :

— Monsieur l'Officier, j'étais dans la cuisine et je vous assure que je n'ai pas vu ce que mes enfants faisaient. Si j'avais su ! Mais, Monsieur l'Officier, vous avez peut-être, vous aussi, des enfants. À cet âge, ils font parfois des bêtises, mais ils ne pensent pas à mal. Sûrement qu'ils n'ont pas dû voir que vous passiez. S'il vous plaît, excusez-les !

— Pardon, Monsieur l'Officier, pardon ! On ne recommencera plus.

C'était Jeanne-Marie, qui avait surmonté sa peur du début et qui, avec sa spontanéité enfantine, avait osé parler au militaire. Elle s'était même agenouillée, tout en joignant ses mains.

L'officier avait probablement apprécié que la fillette présente des excuses aussi spontanément et sans avoir eu à obéir à une injonction de sa mère. Il esquissa un petit sourire et, sans se départir complètement de son attitude sérieuse, il dit, ayant retrouvé quelques bribes de français :

— Bon, au revoir, madame, au revoir les enfants !

Les guerres connaissent parfois des moments d'humanité. Parfois.

LES JUMEAUX

Il y avait quelques mois que la grande salle du château n'avait connu une telle ambiance faite de musique, de chansons et de rires. La joyeuse assemblée célébrait un double mariage, celui de deux jumeaux que le hasard, ou les atomes crochus, ou que sais-je, avaient fait épouser deux jumelles. Alice avait épousé Simon, et Lucie, Félix. Tous les quatre s'étaient mis d'accord pour ajouter une pointe d'originalité à cette journée en s'habillant exactement de la même façon, en adoptant la même coiffure.

Ce n'était pas la première fois que tous les quatre s'amusaient à rendre impossible la reconnaissance de l'un ou de l'autre. Depuis leur enfance, ils avaient profité de cette ressemblance parfaite et avaient ainsi joué plus d'un tour à leurs camarades ou à leur famille. C'était bon enfant. Sauf par deux fois où, du moins pour certains, ils avaient dépassé la ligne rouge.

Ce furent d'abord les jumelles qui exploitèrent d'une façon qu'on pourra peut-être trouver discutable leur ressemblance. Alice avait réussi, du premier coup, les épreuves du permis de conduire, et ce quelques mois avant que sa sœur ne commence à prendre des cours. Lucie, malheureusement, rencontrait beaucoup de difficultés, tant pour la conduite que pour le code. L'éventualité d'être recalée la perturbait énormément : on a sa petite fierté et un échec eut été évidemment bien désagréable. D'autre part, la cagnotte qu'elle s'était constituée pour cette épreuve n'était pas inépuisable. En cas d'échec, les grands-parents se montreraient-ils à nouveau aussi généreux que la première fois ?

C'est alors que, peu de jours avant l'examen, les deux sœurs se mirent d'accord pour avoir recours à un stratagème aussi audacieux que risqué. L'insouciance qui s'empare parfois de la jeunesse ! Elles décidèrent que ce serait Alice qui « repasserait » les épreuves à la place de Lucie.

Lorsque le moniteur de l'école de conduite vit les résultats, quelle ne fut pas sa surprise ! Surtout que de « bons » candidats avaient échoué. Mais pas un seul instant, il ne pensa à une possible fraude.

Lucie, quant à elle, eut le bon goût de ne pas fanfaronner avec son succès et, peut-être pour tranquilliser quelque peu sa conscience, elle mit un point d'honneur à tout faire pour se perfectionner. Elle rechercha le plus souvent possible les conseils de ses proches ou de ses amis, ce fut en fait une sorte de formation continuée.

Quant aux deux frères, excellents sportifs, ils eurent, eux aussi, l'idée d'une mystification, quand leur commune organisa un marathon. Ce n'était pas leur discipline de base et ils n'avaient jamais parcouru une telle distance, c'est pourquoi ils regrettèrent l'absence d'un semi-marathon. « Qu'à cela ne tienne, se dirent Félix et Simon, nous allons parcourir chacun la moitié des 42 km 195. » Il n'entrait pas dans leur intention d'essayer de finir aux premières places, ce qu'ils auraient ressenti comme une tricherie vraiment trop importante. Finir loin du vainqueur, dans la masse des anonymes, ne nuisait à personne. Tous deux prenaient cela comme une farce bien anodine.

Alors, que se passa-t-il ? Vers le vingtième kilomètre, qui se situait dans un petit bois, Simon alla satisfaire ce que les reporters sportifs appellent un besoin naturel, et Félix, qui s'était caché là, alla se mêler à la place de son frère aux coureurs qui passaient. Il termina la course loin des premiers, mais tous les deux étaient satisfaits : ils avaient pu parcourir un semi-marathon. À la différence des jumelles, ils purent parfois raconter cette supercherie. Peu de gens trouvaient à y redire.

Le jour des noces, les mariés jouèrent encore de cette ressemblance et cela donna lieu à quelques quiproquos. « Non, je ne suis pas Alice, vous me confondez avec ma sœur, moi je suis Lucie. » Certains se confondaient en excuses. Il en fut de même pour les deux frères, Félix et Simon. Les invités auraient pu s'agacer de ne jamais être sûrs de la personne à qui ils s'adressaient. Mais, au contraire, ils prirent cela comme un jeu.

Tard dans la nuit, les mariés se retirèrent, non sans avoir bu une ultime coupe de champagne.

Comment se passa la nuit ? Cupidon, ou Éros, étaient-ils de la fête ? Fort probablement.

Le lendemain matin, dix heures sonnèrent au clocher de l'église voisine. La journée s'annonçait magnifique : un grand soleil, un ciel bleu agrémenté de quelques petites touches de blanc. Lucie ouvrit en grand la fenêtre.

— Allez, Félix, il est temps de se lever !

— Pourquoi m'appelles-tu Félix ? Tu rêves ? Je suis Simon.

LES DÉLAISSÉS

Nous sommes tristes : personne ne vient nous voir, d'ailleurs, personne n'est jamais venu nous voir, personne ne s'intéresse à nous et nous craignons de disparaître dans l'indifférence totale la plus injuste. Et pourtant nous ne demandions pas mieux que de rendre service.

Pauvres de nous, nous avons passé tout notre temps dans le noir de chaque jour, de chaque nuit, dans un noir éternel, avec de moins en moins d'espoir. Parfois un petit rayon de lumière nous avait fait espérer que nous pourrions nous échapper de cette sorte de prison. Mais c'était une espérance vaine. Ce n'était pas pour nous, c'était pour nos voisins.

Et, en fait, ils sont des dizaines, des centaines, des milliers même, ceux de nos semblables qui ont eu la chance d'éveiller la curiosité ou l'intérêt, qui ont connu la joie d'être découverts avec satisfaction !

Dites-moi, la pampa n'est-elle pas une magnifique plaine, offerte à nos rêves d'exotisme ?

Le **pa**lmier n'est-il pas une plante luxuriante et généreuse ?

Le **pa**létuvier n'est-il pas un original débridé ?

C'est vrai, nous avons parmi nous un **pa**ltoquet, peut-être atteint de **pa**ludisme.

Mais, **pa**lsambleu, à quoi sert que notre cœur palpite ainsi, puisque notre sort semble irrémédiable, il n'y a plus d'espoir : nous allons finir au conteneur réservé aux vieux papiers, nous, les mots des pages 776 et 777 d'un vieux « Petit Larousse illustré ».

Alors, pour faire honneur à nos deux pages, nous disparaîtrons avec **PANACHE**.

IRÈNE ET RODOLPHE

(Une histoire d'amour un peu rétro, un peu à l'eau de rose.)

L'histoire que voici est peut-être vraie, mais vous penserez probablement qu'elle est inventée, sauf si vous croyez encore aux contes de fées. Peut-être...

Et puis, dans notre vie, le vrai et le faux ne se mélangent-ils pas... parfois ? Ne se livrent-ils pas un petit jeu « à menteur, menteur et demi » ? Et la Vérité sort-elle toujours toute nue du puits ? Ce n'est pas si sûr : il semble bien qu'elle soit souvent trop habillée, déguisée même.

Alors, vraie ou pas vraie, voici cette histoire.

Elle se déroula il y a déjà quelques décennies, dans l'ouest de la France, peut-être dans la presqu'île de Guérande, qui sait ? Ils s'appelaient Irène et Rodolphe et avaient fréquenté ensemble la même école primaire. Ils avaient connu des moments de bonne camaraderie, puis leurs parcours s'étaient séparés.

Rodolphe avait connu beaucoup de problèmes lors de sa scolarité, ses professeurs jugeaient qu'il n'était pas très doué. Mais il possédait ce bien précieux : l'intelligence du cœur. Tous ses condisciples, ou presque, l'aimaient bien, et il ne serait pas venu à l'esprit des élèves, même des meilleurs, de se moquer des erreurs de Rodolphe, de ses ignorances. Il fut d'ailleurs choisi comme délégué de classe, et certaines de ses interventions étaient empreintes d'un tel bon sens « élémentaire », candide, que plusieurs de ses contradicteurs s'en trouvaient désarmés.

Ses résultats scolaires médiocres l'affectaient sur le coup, mais son tempérament optimiste chassait cette tristesse passagère. Par les temps de pluie, il n'apercevait que l'arc-en-ciel.

Et puis, on s'en serait douté, c'était un rêveur. Il partait pour de grandes aventures en suivant le vol d'un oiseau, le cheminement d'un insecte, les chevauchées des nuages mystérieux.

Par chance, ses parents n'avaient pas placé en lui des espoirs irréalistes, ils n'étaient pas aveuglés par un certain modèle de réussite sociale. C'est ainsi qu'il put choisir sans pression son avenir. N'ayant pas de qualifications spéciales, il exerça ce qu'on appelle communément des petits métiers, souvent des emplois saisonniers.

Sa plus grande réussite fut quand il travailla au marché pour un vendeur de fruits et légumes. Les clients l'appréciaient et essayaient souvent de se faire servir par lui.

Il était toujours d'humeur gaie, trouvant des mots agréables pour chacun et chacune. Quand il pesait les fruits ou les légumes, il faisait bonne mesure, n'hésitant pas, de temps en temps, à rajouter une petite poignée de haricots, une tomate, un brin de persil. Ces petits gestes entretenaient une complicité fructueuse.

Quelques mois passèrent. La vie de Rodolphe était tranquille, banale, mais ces mille petits riens qui constituaient son existence lui suffisaient. Combien de temps aurait-il encore vécu ainsi ? Quand le désir d'un autre quotidien l'aurait-il poussé à regarder plus loin, à aller de l'autre côté de la montagne ? Jamais peut-être.

C'était un matin comme les autres, mais ce jour-là, enfin et malheureusement, « l'œil du maître » s'aperçut des petites gentillesses que Rodolphe pratiquait envers la clientèle. Il l'observa pendant deux ou trois jours. Et ce patron, qui n'avait pas un grand sens de la générosité, se sépara de Rodolphe, dès qu'il le put, sans lui révéler le vrai motif de son licenciement. Le jeune homme eut du mal à comprendre, à accepter, mais, finalement, sa joie d'exister l'aida à surmonter cette désillusion.

On parle de la bonne étoile… existe-t-elle ? Pour Rodolphe, oui. Quelques jours après son licenciement, il rencontra un de ses anciens clients, un paysagiste ; tous deux ne se contentèrent pas d'un petit « bonjour » lancé à la sauvette et, heureux de se revoir, ils se mirent à discuter. À cette occasion, Rodolphe apprit que son ex-patron avait perdu quelques clients, déçus qu'ils étaient de ne plus pouvoir profiter de ces courts moments conviviaux que ce jeune vendeur savait si bien faire vivre.

Leur discussion touchait à sa fin et ils allaient se quitter, quand le paysagiste, qui cherchait un salarié supplémentaire pour son entreprise, eut comme un éclair : « Pourquoi ne donnerais-je pas une nouvelle chance à ce "brave garçon" ? » Sitôt pensé sitôt fait. Rodolphe accepta avec grand plaisir ce nouvel emploi et se forma sur le tas. Cette nouvelle vie lui plut beaucoup : il était heureux d'être aussi souvent au contact de la nature. Lui qui n'avait pas retenu grand-chose de ses années d'école apprit les noms des arbres, des arbustes, des fleurs, des oiseaux, des insectes. Sa tête était devenue un grand parc ensoleillé.

Un jour, lors d'un mariage, il retrouva Irène. Elle était devenue une jeune femme d'une grande beauté et avait beaucoup d'admirateurs, mais elle était quelque peu réservée, distante même, et ne se laissait guère conter fleurette.

Rodolphe tomba tout de suite amoureux d'elle. Les images de la complicité qu'ils avaient eue quand ils étaient ensemble à l'école primaire se ravivèrent et se parèrent pour Rodolphe des couleurs de la passion. Hélas, quand ses avances se firent plus pressantes, Irène lui fit comprendre qu'il faisait fausse route. Il en éprouva un grand désarroi, mais, avec la candeur des âmes claires, il demanda à Irène : « Pourquoi ne veux-tu pas m'aimer ? » Cette demande avait été faite comme par un

Pierrot lunaire, et Irène, se trouvant quelque peu décontenancée, répondit une chose bizarre qui lui était venue subitement à l'esprit : « Je t'aimerai le jour où tu m'offriras un rayon du soleil. »

Un rayon du soleil ! Comment faire ? Il se rendait bien compte que c'était impossible.

« Je sais, se dit-il un jour, je vais lui offrir vingt soleils. » Et, sans connaître la symbolique des fleurs, il acheta un bouquet de vingt magnifiques tournesols, accompagné de quelques lignes écrites avec son cœur.

En recevant ces fleurs, la belle indifférente fut prise d'une sensation étrange : elle sentit dans tout son corps une légèreté inconnue, elle eut l'impression de s'illuminer, comme la nature lorsque le jour se lève. Vous devinez la suite.

Malheureusement, on ne sait pas s'ils vécurent longtemps, ni s'ils eurent de nombreux enfants.